[新概念阅读书坊]

小故事 大道理 全集

XIAO GUSHI DA DAOLI QUANJI

主编◎崔钟雷

吉林美术出版社

图书在版编目（CIP）数据

小故事大道理全集 / 崔钟雷主编 . —长春：吉林美术出版社，2011.1（2023.6 重印）
（新概念阅读书坊）
ISBN 978-7-5386-5044-0

Ⅰ . ①小… Ⅱ . ①崔… Ⅲ . ①故事 – 作品集 – 世界 Ⅳ . ① I14

中国版本图书馆 CIP 数据核字（2010）第 255525 号

小故事大道理全集
XIAOGUSHI DADAOLI QUANJI

出 版 人	华　鹏
策　　划	钟　雷
主　　编	崔钟雷
副 主 编	刘　超　那兰兰
责任编辑	栾　云
开　　本	700mm×1000mm　1/16
印　　张	10
字　　数	120 千字
版　　次	2011 年 1 月第 1 版
印　　次	2023 年 6 月第 4 次印刷
出版发行	吉林美术出版社
地　　址	长春市净月开发区福祉大路 5788 号
	邮编：130118
网　　址	www.jlmspress.com
印　　刷	北京一鑫印务有限责任公司
书　　号	ISBN 978-7-5386-5044-0
定　　价	39.80 元

版权所有　侵权必究

前言 *Foreword*

　　阅读是一段开启心智的历程，阅读是一种与书籍对话的方式，阅读是一盏点亮灵魂的明灯！人们常说"开卷有益"，只要认真去阅读，用心去体会，就会从书籍中获取丰富的知识，获得源源不绝的力量！

　　为了开阔您的阅读视野，我们精心编纂了本套"新概念阅读书坊"系列丛书。阅读是一种自我充实的过程，读什么和怎样读都显得颇为重要，而我们的意旨在于为您提供一种全新阅读方式的可能！

　　本套丛书内容涵盖面广，设计新颖独到，优美的文章，精致的图片以及全新的阅读理念，必将呈现给您一场独特的阅读盛宴，愿您在享受这段新奇的阅读历程时，也会将之视为开启您阅读之门的钥匙，走进阅读的美好世界……

目录

第一章　花不同果不同

没有一种草不是花朵 …………………… 2

最珍贵的废书 …………………………… 4

幸福大道 145 号 ………………………… 6

接受帮助也是美德 ……………………… 10

最初的鹰 ………………………………… 12

苏格拉底的苹果 ………………………… 14

每个人心里都有一头正义的狮子 ……… 17

忍住一份甜 ……………………… 20

和自己下棋 ……………………… 22

如果你是对的,你的世界就是对的 … 25

花不同果不同 …………………… 28

宽容是阳光 ……………………… 31

打捞自己 ………………………… 34

生命因什么而不同 ……………… 37

要想改变自己，什么时候都不晚 …… 39

关照内心 ………………………… 42

心里暖，天就不冷 ……………… 45

礼貌与机会 ……………………… 48

生活的一种 ……………………… 50

流泪的太阳 ……………………… 52

再坚持一下 ……………………… 55

善良的种子会开花 ……………… 60

天山向日葵 ………………………………………… 64

80 岁以后才开始 …………………………………… 68

第二章 寻找自己喜欢的方向

第二眼 ……………………………………………… 72

一株伟大的"植物" ………………………………… 74

大海里的船 ………………………………………… 77

悬念中的哲理 …………………… 79

设置沟壑 ………………………… 81

行胜于言 ………………………… 83

向一只猫吐舌头 ………………… 85

流泪是因为真诚 ………………… 87

苹果 ……………………………… 89

一杯牛奶 ………………………… 92

寻找自己喜欢的方向 …………… 94
半截铅笔 ……………………… 97
抛掉金子始得"金" …………… 99
钓鱼的秘密 …………………… 101
建造自己的房子 ……………… 103
主宰自己的命运 ……………… 106
真心无价 ……………………… 109
一个贫穷的小提琴手 ………………………… 111
灯芯将残 ……………………………………… 114
钻石就在你身边 ……………………………… 116
骨瓷碗 ………………………………………… 118
这也会过去 …………………………………… 120

第三章　两杯不同的水

垒高自己……………………… 124

精神，生命的配方…………… 126

给一位小朋友的信…………… 129

从一分钱到 120 亿元………… 132

红包里只有一元钱…………… 135

天使之声……………………… 139

用脚飞翔的女孩……………… 141

两辆中巴……………………… 144

飞起来的智慧………………………………… 146

两杯不同的水………………………………… 148

一个夜晚……………………………………… 150

第一章 Chapter 1

花不同果不同

玫瑰有玫瑰的艳丽，野花有野花的韵致，蒲公英也有蒲公英的动人之处。谁也夺不去，谁也改变不了。只要你正视自己，正视命运，哪怕你的花香很淡，也有价值珍存；哪怕你的果实再涩小，也有理由骄傲。

没有一种草不是花朵

李雪峰

那时我们还居住在深山里的乡下,我还是个十五六岁的孩子。春天,小草刚被融雪洗出它们嫩嫩的芽尖时,老师告诉我们,学校准备组织我们搭车到百里外的县城去参加全县的作文竞赛。我们一听既兴奋又担忧,兴奋的是,我们能够坐上大汽车去县城里看看了;担忧的是,我们这群山里的孩子,作文能赛过城里的学生吗?

头发花白的老校长看出了我们的忧虑,他就说:"你们常常上山下田,谁能说出一种不会开花的草?"

不会开花的草?蒲公英是会开花的。它的花朵金黄金黄的,秋天时结满降落伞似的小绒球;汪汪的狗尾草也是会开花的,它狗尾巴似的绿穗穗就是它的花朵;就连那些麦田里的荠荠草也是会开花的,它的花洁白洁白的,有米粒那么大,像早晨被阳光镀亮的一颗颗晶莹的露珠。我

们想来想去，把每一种草都想遍了，可是谁也没有想出有哪一种草是不会开花的。我们想了半天都摇摇头说："老师，没有一种草是不开花的，所有的草都会开出自己的花朵。"

老校长笑了，说："是的，孩子们，每一种草都是一种花，栽在精美花盆里的花都是一种草，而生长在田地边和山野里的草也是一种花啊。不论生活在哪里，你们和其他人一样，都是一种草，也都是一种花，记住，没有一种草不会开花，再美的花朵也是一种草！"

几十年过去了，当我从深山里的乡下走进都市里的大学，当我从一名乡下青年成为城市缤纷社会的一员，当我面对一束束流光溢彩的鲜花和一次次雷鸣般的掌声时，我从不自卑，也没有浮躁过。我总会想起老校长的那句话——没有一种草是不会开花的，而每一种花朵也是一种草。

我要对你说

老校长用特别的方式向孩子们说明了一个道理：每个人都有自己的闪光点，不要自暴自弃。相信自己，只要努力就会有成绩。没有一种草不是花朵，同样，没有一个人不是强者，关键是你应有乐观向上的态度。

最珍贵的废书

袁国良

一天,我收拾屋子,找出两本布满灰尘的小学课本。女友说:"还不扔了?"我抚摩着书半晌没说话。

书是我上高中时妈妈为我买的。妈妈是个一字不识的苗家妇女。家乡有种风俗,一个女人在去世时,口里必须含银(或金)才能入土为安。所以在贫困人家,攒钱置办一件小小的银饰便成了家庭生活的重要内容。那一年,妈妈起早摸黑喂了两头猪,终于置了一对银手镯。

在临近高考的那段日子,妈妈时常进城给我送些吃的。她知道我复习忙,每次都是匆匆来匆匆去。有一天,妈妈去了不久却又回来,拉我到僻静处:"孩子,我替你买了两本考大学的书。"

"什么!"我心里咯噔一下,常听人说学校外面时常有人用假书、假资料来骗那些来自山区的一字不识的家长。

"人家说,只要用这书,考大学包中。"

"哪来的钱?"

"镯子换的。"

我抢过书,撕去包装,绝望顿时袭上心头:两本小学课本竟然就骗走了妈妈的镯子!

"孩子,行吧?"

望着满怀期望的母亲,我强压下泪水和屈辱:"行,妈,行的!"

后来我考上了大学,妈妈高兴极了,说是两只镯子花得值。她甚至想找卖给她书的人道谢!

"你妈后来知道真相了吗?"女友问。

"没有。我永远都不会让她知道。"

我要对你说

尽管那两本小学课本对儿子没有一点帮助,然而母亲质朴的关爱是比任何东西都珍贵的礼物。记忆中,那两本小学课本已经成为母子心中那份浓情的最好见证。

幸福大道 145 号

田祥玉

科比 10 岁生日的那个晚上,母亲沙茜尔把他叫到跟前说:"恭喜你,从今天起你就是堂堂男子汉了!"科比听了母亲的话高兴得手舞足蹈,他无比骄傲地抡起小小的拳头回答:"我是家中的男子汉,从明天起我就要好好照顾妹妹们!"

沙茜尔禁不住将儿子搂在怀里含泪道:"因为你已经是男子汉了,所以我不得不把一件很重要的事情告诉你。"原来科比父亲所在的银行突然倒闭,这个六口之家也就失去了唯一的生活来源,为了生存,科比的父亲将远赴得克萨斯州艰苦创业,加上路途遥远,可能要好几年才能回家。听完母亲的话,科比湛蓝的眼睛里蓄满了泪水,他舍不得父亲离开:父亲博学多才,是他的良师益友;更重要的,是父亲教他踢足球,并把他培养成了同龄人中最棒的足球小明星。

尽管舍不得,但一个星期之后,父亲还是拿着简陋的行装出发了,科比追在车后问父亲在得克萨斯州的地址和邮编,父亲愣了一下,这时车里的司机探出头微笑着说:"小伙子,那个地方叫幸福大道 145 号。"科比飞快地跑回房间,在一个天蓝色的信封上写下:"幸福大道 145 号 克里奇爸爸(收)"他决定晚上就写信给父亲,这样当父亲长途跋涉到达幸福大道 145 号的时候,他的遥远问候说不定还可以帮父亲洗去旅途的劳顿。

一个月后,科比收到了父亲的回信。信里还夹着 5 朵蓝帽花,科比兴高采烈地把花朵分给母亲和妹妹们。然后在客厅里大声读起父亲的来信："平坦而干净的得克萨斯州，到处盛开着像你们母亲帽子上的蓝帽花……"父亲的信不长，但无论如何，科比和妹妹凭借丰富的想象力，就可以知道爸爸所在的幸福大道145号一定是一个好地方。

科比和父亲每个星期通一次信，父亲每次的来信都不长，只是简单介绍他的公司进程和得克萨斯州的风景，但是科比每次都会写满3大页，把周围的每一件事情告诉父亲，包括最小的妹妹会叫爸爸了；妈妈不小心摔碎了工艺品厂的一个陶瓷杯；或者哪个女生给自己写情书了……通信3个月后，科比跟妈妈请示："我可不可以跟爸爸打个电话，就听一下他的声音。"沙茜尔把儿子搂在怀里说："爸爸的工作很忙，何况我们也要节约每一分钱是不是？"科比懂事地点了点头，从此再也不提打电话的事了。

日子一天天过去，一个女人带着几个孩子的艰辛可想而知。作为家中最大的"男人"，科比时时以行动证明他会替父亲好好照顾这个家。而年幼的妹妹们常常把家里弄得一团糟，沙茜尔也会忍不住对孩子们发脾气，每到这个时候，科比就把妹妹们哄到一起，仔细地把爸爸的信读给她们听。刚开始，这个办法还比较奏效，但听来听去都是这几句话，妹妹们也不感兴趣了，科比就凭着自己对幸福大道145号的想象，编造一些美丽的童话和风景讲给她们听。在父亲离去的日子里，科比对幸福大道145号的丰富描述，也成了孩子们想念父亲以及美丽的得克萨斯州的最温暖时刻。

妹妹林达4岁生日那天早上，她问科比，为什么父亲没有寄来礼物，她一直都想要一张描绘幸福大道的明信片。于

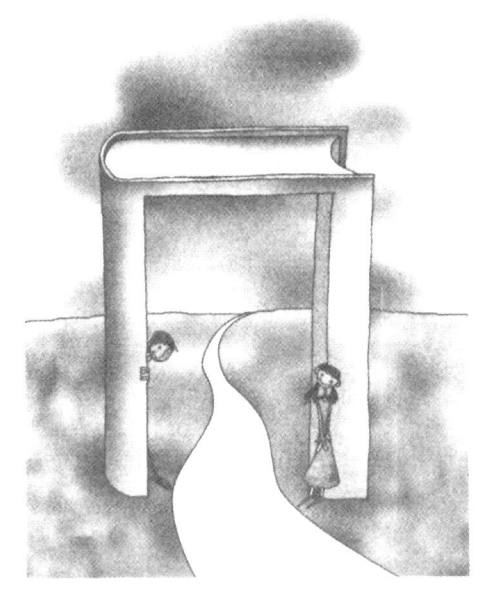

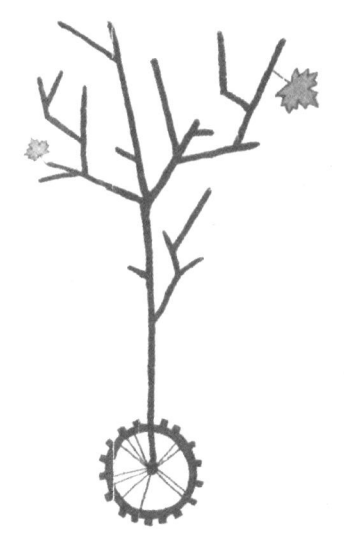

是，科比在下午的美术课上自制了一张卡片：一大片美丽奇特的蓝帽花中，有一条曲折的大理石小径通往一栋漂亮的别墅。别墅上写着"幸福大道145号"。但一张手绘的画根本满足不了妹妹的好奇心，甚至评价卡片上的花一点都不像蓝帽花。

这给了科比不小的打击，他决定按照信封上的地址去找父亲。9月，13岁的科比参加班级活动，到得克萨斯郊区的非默林中学联欢。非默林中学安排的活动十分丰富，但科比却心不在焉。他想，这里离父亲肯定不远了，他很想去看看他，更想看看父亲经常提到的幸福大道究竟是什么样子。

第二天中午，科比悄悄去火车站买了到得克萨斯的票。虽然很多人看了科比手中的地址都说那个地方很偏远，不在得克萨斯州，但当科比好不容易搭上一辆去父亲那儿的顺风车后，他还是不禁有些激动。

下车后，科比经过了轰隆的工厂、矮小的小学，终于看见了路旁的蓝帽花正在纷纷扬扬地飘落在一堵高高的墙上，科比看到了他要找的地方——地址和邮编都正确，但这里写着"忏悔大道145号"。科比无法接受这个事实，他蹲在地上伤心地痛哭，不过，擦干眼泪后的他不再找爸爸了。

心情沉重的科比一回到家，就发现了父亲的信。两天后，他给父亲回信，细细讲述了几个妹妹的成长趣事以及自己得到的奖状，对于自己的"冒险"却只字不提。信上的地址依旧是"幸福大道145号"。

又过了一年，科比的父亲终于回家了。46岁的他显然消瘦了许多，他依旧背着4年前出门时的包。3个妹妹对这个憔悴贫穷的男人显然很陌生，科比拉着她们朝父亲走去，这个14岁的男孩已经比父亲还要高，当他带领妹妹们说出"我们欢迎从幸福大道145号归来的客人"时，父亲和母亲都流出了眼泪！

多年后，在州法院工作的科比给得克萨斯西北郊区的得克萨斯州监狱的监狱长写了一封信，请求把"忏悔大道145号"改为"幸福大道145号"。他说，没有任何一座监狱能锁得住亲人之间的爱。并且，如果能够因此保持一个父亲在孩子们心中的形象，难道不是一件很好的事情吗？最后，他还说道，幸福大道145号也正是他们一家人最幸福、最温暖的暗语……

我要对你说

在我们成长的过程中，会享受鲜花绽放时的快乐，同时也会遇到生活的磨难。但无论你走上怎样的人生轨迹，你都不要感觉到孤单无助，手足无措，请记住你的家人时刻都在陪伴着你。因为没有任何的障碍能隔断亲人之间的爱。珍惜亲情，寻找属于你自己的"幸福大道"。

接受帮助也是美德

吴思强

那年学校放假，火车从黑龙江省哈尔滨市起程，回家要几十个小时。到吃晚饭的时间了，我的肚子也早已饿得咕咕叫了。此时，服务员推着餐车过来。同座的人都在买饭吃。我知道我的腰包里只有10元钱了，服务员打完邻座的人最后一份饭后问我："小伙子，你要不要一份？5块的、10块的都有。"我说："好吧，那就来一份5块的吧。"我边说边掏钱。忽然，我只感到脑瓜子嗡的一下，糟了，钱没了。我急忙制止服务员打菜，说我的钱被偷了。邻座的人的眼睛都齐刷刷地射向我，同排一位中年女人说："小兄弟，我这里刚好有5块零钱，你就打一份饭吃吧。"我红着脸说："不，不，我不饿。"对面两位客人又对我投来有点让我受不了的眼光。我猜测，他们是不是认为我在骗饭吃或是个穷乡巴佬。一股火气油然从我心底升起。我坚决地拒绝了中年女人的帮助，一场尴尬就这样过去了。

次日起来，我只感到肚子受不了，头有点晕晕的。我知道这是饿的结果。我只好多喝水，以水充饥。当邻座的人都在吃早餐时，我有意地起身上卫生间，为的是回避……

又到吃午饭的时间了。当餐车推近我们座位时，那位中年妇女又说："小兄弟，我给你买一份饭吃吧，再不吃东西，是要伤身子的。"她是靠在我耳边说的，别人听不见。我婉言谢绝了她。邻座的人吃饭时，我借机去打开水，在车厢交接处看风景。

我回到座位时，中年妇女正在看杂志。她见我回来，将书给我说："你想看看吗？"我接过书就看起来。水喝多了，尿也多了，当我再次从卫生间回来时，她在收拾东西，我问："你要下车了？"她说："是的，前面这个小站，我就下。"车停了，她将手中的杂志给我，说："小兄弟，这本杂志就送你看吧，我知道你爱看书。"说完她就下车了。我心里感激她。她给我送来了精神午餐。当火车开动时，我打开书，突然，意外的事情发生了。只见书里藏着一张50元的钞票和一张纸条，上面写着：

小兄弟：帮助别人是美德。但有时候，敢于接受别人的帮助，也是一种美德。拒绝别人的善意，有时可能会伤害别人善良的心。

看着这富有哲理的温暖文字，我的眼里热热的。

我要对你说

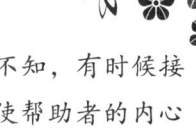

我们通常只把帮助别人看作是一种美德，殊不知，有时候接受别人的帮助也是一种美德。因为这种接受不仅使帮助者的内心得到宽慰，而且还帮助了自己，从而使善良得以延续下去。

最初的鹰

洪 烛

至今仍很难忘却平生第一次见到鹰时，那种令人回肠荡气的感觉。在南方，天空基本上是被燕子、麻雀等温柔的鸟类所占据。偶尔于季节更替之际，能遇上迁徙的雁阵，多多少少能流露出几分阳刚之气。而鹰是稀客。

事情发生在上学路上。我抬头看见一只鸟，漫不经心地滑翔。可能吸引我的是其神态而不是相貌——虽然它的相貌与别的鸟也有所区别，譬如周身的羽毛显得粗糙、硬朗，仿佛每一根都被气流鼓满，带有金属光泽的质感，更使我触目惊心的是它的翅膀，一动不动，似乎属于多余的装饰，这并不妨碍它比任何鸟飞得更高、更轻松。我简直以为眼前是一只黑颜色的风筝，没有生命，平贴在天空的表面。它是借助什么飞翔起来的？难道仅仅是那股傲气吗？我怀疑着。

旁边不断有行人抬起头来。谁还轻轻咂了一下嘴，"那是鹰。"这一个字眼儿，此刻比什么都能打动我。我如痴如醉地仰望着它，头脑中一片空白，几乎以为在其周游的范围之外，不再有天空。是的，不再有天空，除了那对翅膀，除了那对翅膀所划出的看不见却扣人心弦的弧线。鹰漫不经心，傲视一切的神态太让我折服了，如果这些出现在一个人身上，那个人将是最有魅力和威信的人，哪怕他一声不响，垂着眼睛走自己的路……我望着鹰，血一点点热起来。

附近郊区小学的上课铃响了,我连忙收回视线跑过去。第一节课是在空白中度过的,心仿佛依旧提在半空中。我下意识地在笔记本上画了一只鸟,虽然画变了形,但我知道它是谁。一下课我就跑到操场上,看见的只是天空,那些云,显得多么的虚弱。

至今仍很难解释那只鹰是如何闯进我童年生活的,像一只青筋毕露的手,代表一种精神的力量,傲慢地把门推开,我觉得一股野性的风扑面而来。多年之后又在动物园里见过类似鹰的东西,我几乎认不出来它了。那就是鹰吗?作为鹰,必须以天空作为陪衬,而不是牢笼。每当想起鹰这个字眼儿的时候,我固执地保留着对它的第一印象。我一生中见过的鹰将只有那一只。

我要对你说

做一只鹰,就要有雄踞天空的霸气。当它展开双翅的时候,就要有睥睨苍生的气势、冲破云霄的勇气。做人,就要像鹰,胸怀海天之志,以天空为陪衬,自由翱翔于天地之间。

苏格拉底的苹果

鲁先圣

2300多年前一个秋日的下午,苏格拉底穿着他那件常年不换、皱皱巴巴的短袍,优哉游哉地穿过雅典城中心的广场。他对于动荡不安的时局充耳不闻,对于当局的作为也不评论,他在广场一角坐下来。

这个时候,有很多的青年人围拢到他的身边来,有柏拉图和亚西比德那样的阔少,有安提西尼那样的清贫和淡泊之士,也有亚里斯卜提那样的无政府主义者。他们每天都到这里来,他们都虔诚地拜苏格拉底为自己的导师,他们喜欢听老师对雅典民主制度所作的分析,也羡慕老师这样自由自在的生活。

有很多时候,苏格拉底给他们出题目,他们当中也有不少人回答出来,但是苏格拉底并不满意。他发现他的这些学生太依赖他的思想,太依赖他的学说,太没有自己的主见了。

但是今天不同了。当他的学生们都围拢过来以后，苏格拉底从他皱皱巴巴的短袍里面掏出了一只苹果。他站起来，目光深沉地对青年们说："这是我刚刚从果园里摘下的一只苹果，你们闻闻它有什么特别的味道。"他拿着苹果走到每一个学生面前让他们闻闻。最后，他问靠他最近的学生闻到了什么味道。这个学生回答，闻到了苹果的香味。他又问第二个学生，这个学生同样回答是闻到了苹果的香味。

柏拉图今天坐在距离老师最远的地方，到了他回答的时候，前面的几十个人都回答完了，而且答案是一致的，都是闻到了苹果的香味。老师示意他站起来回答。他站起来，看了看同学们，然后慢慢地对老师说：老师，我什么味道也没有闻到。

同学们都万分诧异：怎么可能呢？我们明明是闻到了苹果的香味，一只熟透的苹果怎么会什么味道都没有呢？一向聪明善辩的柏拉图今天是怎么了？苏格拉底把柏拉图拉到自己的身边，然后告诉所有的学生：只有柏拉图是对的。

其他的学生都十分疑惑。苏格拉底这个时候把那只苹果交给学生传看。学生们一个个都如坠雾里，这竟然是一只蜡做的苹果！可是，他们都问自己：自己刚才怎么闻到了苹果的香味呢？

苏格拉底用赞许的目光看着柏拉图，他对他的学生们说：永远不要用成见下结论，要相信自己的直觉，更不要人云亦云。我拿来一只苹果，你们为什么不先怀疑苹果的真伪呢？不要相信所谓的经验，只有怀疑开始的时候，哲学和思想才会产生。

苏格拉底的学生明白了，他们知道了老师的用意。也就是从这一天开始，这些学生学会了用自己的脑子去思考，一直到他们帮助苏格拉底创造了伟大的西方哲学！也正因为柏拉图的与众不同，他才成为苏格拉底最有成就的门徒。

我要对你说

经验有时如同枷锁，让墨守成规者一败涂地，让人云亦云者固步自封，因而放弃了思想的权利。其实，生活的滋味万千，睿智的你需要以自信为依托，亲自品尝过才能得到真味。

每个人心里都有一头正义的狮子

罗 西

母亲做放疗前,有很多繁琐的体检,其中一项是"肺功能测试"。

在一边排队的时候,那位坐着也显高的医生不耐烦地对一位乡下老太太低吼:"吸气的时候,要像吸田螺;呼气的时候,要像吹蜡烛。我说了多少遍了,你还不会!"因为语言不通,随身的小保姆替那老太太满头大汗地同声翻译。但是老太太越听越慌,动作走形,根本做不出要求的动作。她听不懂医生的话,却变本加厉领略到"高"医生鄙夷加

愤怒的表情与声调，恶性循环，那老太太最后连什么叫"吹蜡烛"都不会了，嘴里嘟囔说："我家里都是用电灯的……"

而那"高"医生不仅没有同情，而是进一步奚落她："你都抽了20年的香烟了，一天两包，现在连吐烟的动作都不会？"

母亲在我右侧，挽着我，看医生那么凶狠，有些胆怯，下意识地在练习"吸田螺""吹蜡烛"。我终于按捺不住内心的生气，确切地说，是种"正义感"，严肃、诚恳但是温和地批评了那位医生："你这样给她压力，她肯定做不好，请给她一些时间，不要急……"他猛地转头，看我一脸的正气，本想发作，也不好意思了，赶紧自我解嘲："我今天感冒，声音是有点粗了！"我笑笑，说了声"谢谢"，给了他台阶下。

另一场合，某银行营业所。一老人在按密码，结果一错再错，无奈，不安，仰头回忆……跟在他后面的一中年女士"啧"了好几次嘴，最后居然嚷起来："快点，磨蹭那么久，要不退一边去慢慢想……"我在隔壁窗口办挂失，忍无可忍，心里的正气再次让我站起来："怎么可以这样对待一个老人？他已经够慌了……"老人有我撑腰，渐渐镇静了，那急尖尖的女子看大气候不对，也惭愧地自语："我店里没有人照看……"

早年我不是很勇敢，有典型的"逃兵人格"。不知道从哪年开始我变得"爱管闲事"，更妙的是，我渐渐显得有魄力和有胆量，自我感觉更强大了。究其根源，我明白，是内心的"正义感"被唤醒、蒸腾、释放。我们常常习惯明哲保身，其实是矮化自我；相反，谁都容易被正义所慑服，哪怕是恶棍。特别是平常生活里，正义感很有正面力量，每次我站出来"主持正义",几乎所向披靡,比如在电梯里提醒抽烟的人、排队的时候喝止插队的人……

现在问题是,我们常常把见义勇为寄托在别人身上,希望自己扮演"感动的角色",而不是"激动的角色",于是选择躲让,在躲让中丧失了一个人应有的魄力与胆略。其实每个人心里都有一头正义的狮子,它是正确的;而对的,就是最大的力量。请你不要藏起这样的力量,让它发出声音,激发生命的热度。

我要对你说

每个人心里都有一头"正义的狮子",关键在于内心的选择。有的人选择在邪恶面前逃避,退缩,那么这头"正义的狮子"会一直沉睡不醒。而有的人却临危不惧,让"正义的雄狮"发出震撼人心的巨吼。

忍住一份甜

熊 伟

美国著名的心理学家瓦尔特·米歇尔曾经对一群幼儿做过一个有趣的实验。他给每个孩子发了一块软糖,然后告诉他们说他有事要离开一会儿。他希望孩子们都不要吃掉那块软糖,他允诺说:"假如你们能将这块软糖留到我办完事情回来,我会奖励给你们两块糖。"他出去了,寂寞的孩子们守着那诱人的软糖等啊等……终于有人熬不住,吃掉了那块软糖。接着,又有人做同样的事……20分钟后,米歇尔回来了。实验远远没有结束。心理学家继续追踪研究那一群接受实验的孩子。多年以后,他发现,那些不能等待的孩子大多一事无成,而日后创出了一番辉煌业绩的全都是当年愿意等待的孩子。

吞下一份苦,需要的是勇敢与坚强;忍住一份甜,需要的是信念和毅力。但是,并不是所有可以舍生的人都可以"舍甜"。

"甜"在生活中幻化成种种美丽的影像来撩拨我们。一道秋波,一句蜜语,一席佳肴,一樽醇酒……我们在"甜"的允诺中有一点儿恍惚。在娱身的"痛快"与娱心的"愉快"面前,我们常常做出错误的抉择。"甜"是那么黏,一旦粘上我们普通人的身体就不肯脱离,并

且"甜"知道人又都有一个与生俱来的弱点,那就是容易对幸福上瘾。"甜"深谙这一点,所以它永远不愁找不到爱它的人。

"甜"诱惑着我们。这个潘多拉盒中释放的魔鬼一刻不停地念着魔咒,准备将你在心中塑成的那个完美自我掳走。

——克服一些"甜",让自己成为一个高大的人。

——忍住那份"甜",让自己成为一个伟大的人。

我要对你说

正所谓"吃得苦中苦,方为人上人",物质上的享受是很强的诱惑,生活中的"甜"也随处可见。能够吃苦的人很多,但能够忍住那份"甜"的人却屈指可数。抵挡住糖衣炮弹的攻击,看清眼前的那份"甜",才不至于在外物的诱惑中迷失方向、难以自拔。

和自己下棋

乔 叶

　　学会下棋，是父亲熏陶的结果。起初只是蹲在一边看，久而久之，竟也把路数看了个差不多。在大人们厮杀正酣时，也试着出主意喊招数，使周围观棋的人惊惊诧诧："这么小的女娃，也懂下棋？"我一撇嘴："有什么了不起，不就是'马跳日，象走田，打炮架山'嘛？"人们便大笑起来。

　　当然，开始父亲是不屑于和我对阵的，但禁不住我软磨胡缠，只好充当老师和对手的双面角色。过了些日子，我自觉长进不少，便要求独立作战。下棋时紧咬着父亲的棋子，倒也严密谨慎，却总是莫名其妙地被杀得落花流水。终于有一天，父亲看着我凌乱的残局，郑重而严肃地说："真要学棋，就一定要明白：心里不能只装着一方的棋。下棋的虽是两个人，其实你只能把这看成你一个人的事儿。要把红子儿、白子儿都看成你自己的子儿，才能有备无患，患亦不惊。说白了，你是在跟自己下棋呢！"

　　红、白怎么会都是我的子儿？明明是两个人下棋怎么能看成一个人的事？我困惑地望着父亲的脸，不敢细问。然而这几句似懂非懂的话却清晰地印在了心里。直到十几年后的今天，我才彻悟：这话不仅仅是下棋的箴言，更是一种深刻的人生体味。

　　中学时一位老师曾对我有过极偏颇的成见和极刻薄的伤害，为此我暗暗恨了很久，甚至毕业几年后还耿耿于怀。一次，余恨未熄地和父亲谈及此人，父亲淡淡笑道："师固不良，生亦不佳。良师不会令学生恨之若此，高徒不会因愚师劳心费神。"我无话可说，心里一阵空落和失意。是的，劣师固然不堪多言，可我自己呢？我绵绵难绝的记恨除了证明我的心胸依然狭隘、心性依然肤浅、处世依然幼稚之外，还能证明什么呢？如果这是一盘棋的话，我是又输了：整日忧忧戚戚，为人所制，失去了自己的章法和活力。既不能目光舒远，视莠草为微尘；也不能收纵自如，化顽疾于肺腑。对老师的恶情，其实也正反射了自己的心浊，何胜之有？

自此，我明白了父亲的话：下棋的虽是两个人，你却只能把这看成一个人的事儿。红子儿、白子儿都是你要走的子儿，你是在跟自己下棋呢。

人类是脆弱的，总是需要一些形式来证明自己，于是就有了比赛。而所谓的对手，不过是自己的另一种演绎。透视过它，你才能更清晰地看到自己把握自己和超越自己。从某种意义上说，你的灵魂，正聚焦在你的对手身上。

美国年龄最大的女气球飞行员康妮·沃尔夫一直以喜好冒险而闻名于世。她是第一个乘热气球飞越阿尔卑斯山脉的女性和美国人，曾在56岁那年从苏联人手中夺走15项世界纪录，85岁高龄时仍在飞行。她的飞行员执照至今有效。我曾多次想起这位传奇式的女人，她似乎总在向谁挑战，而应战的似乎总是她自己。她倾尽全部的生命能量来和自己下棋，终于从灵魂到肉体都得

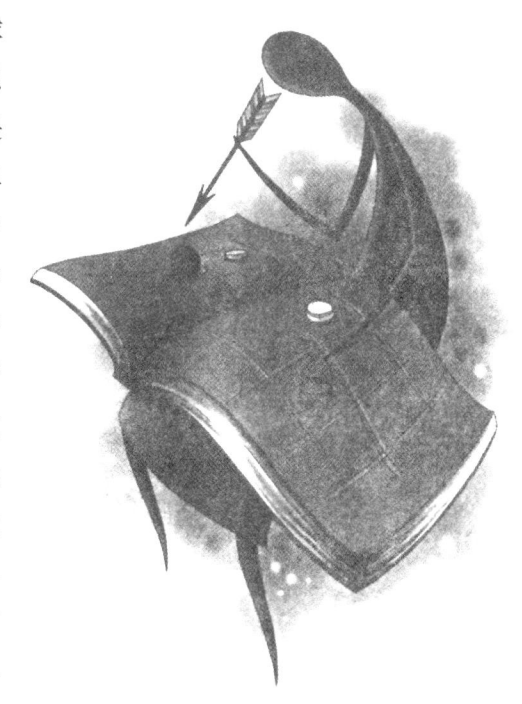

到了一个全新的自己。

所有的困难和障碍都是极虚无的，只要你想征服自己。那些艰辛和挫折都喜欢安卧在怯懦和脆弱的心灵里。漫漫的人生之旅中，你必须学会和自己打架，和自己挣扎，和自己抗拒，和自己下棋。

而我每每浮躁不安、心绪烦乱时，便会在一个幽静的夜晚独坐案前，默默地和自己：走上一盘棋。走过水深火热，走过繁花似锦，走过泥泞沼泽，走过丽日阳春……然后，推窗望月，悄然凝思，心澈如泉，心朗如天。

我要对你说

人生是一次攀登，是一路不歇的挑战，当千山万水都被踩于脚下时，总会发觉最大的对手——自己——始终伴随我们左右，万般挑战犹如一盘棋，只有坚定了与自己对弈的心态才能立于不败之地。

如果你是对的，你的世界就是对的

凡 锁

一个青年，大学毕业后去了深圳，想要靠自己打工闯出一番事业来。但很不幸，一下火车，他的钱包就被偷去了，身份证和所有的钱都没有了。在受冻挨饿的两天后，他决定捡垃圾——虽然饱受白眼，但至

少能够解决吃饭问题。

一天，他正在捡拾垃圾，忽然觉得背后有人注视着自己。他回过头去，发现有个中年人站在他的背后。中年人递过来一张名片，说道："这是一个正在招聘的公司，你可以去试试。"

那是一个很热闹的场面——五六十个人，同一个大厅里，等着小姐叫号。其中很多人是西装革履的，他有点自惭形秽，想退出来，犹豫再三最终还是留在那里等。

他一递上名片，小姐就伸出手来，说道："恭喜你，你已经被录取了。"见他不解，小姐又补充了一句："这是我们总经理的名片，他曾经吩咐过，有个青年会拿着这张名片来应聘的。他只要来了，就成为我们公司的一员。欢迎你！"

就这样，没有经过任何面试，他进了这家公司。后来，由于个人努力，他还成为了副总经理——仅次于总经理，即递给他名片的那个中年人。

"你为什么会选择我？"在闲聊时，他都会问总经理同一个问题。

"因为我会看相，知道你是栋梁之材。"每次，总经理都是神秘兮兮地说。

又过了两三年，公司业务越做越大，总经理要去新城市进行新投资。临走时，总经理将这个城市的所有业务都委托给了他——这是意料中的事，亦是众望所归。

送行那天，他和总经理在贵宾候机室里面对面地坐着。"我知道，你肯定一直都很想知道，我为什么会选择一个捡拾垃圾的年轻人，让他成为我的职员，最后还接受了我的经理宝座。"总经理淡淡一笑，接着说起了往事，"那是因为你很优秀！那次很偶然我看见了你在捡拾垃圾，然后我刻意观察了你很久——知道吗？你让我很震惊——你是我看到的每次都把有用的东西捡拾出来后，还会将剩下的垃圾再归理好放回垃圾箱的唯一一人。

"当时我就在想，如果一个人在这样不利的环境下，还能够注意这种细节，那么无论他是什么学历、什么背景，我都应该给他一个机会。而且，连这种小事都可以做到一丝不苟的人不可能不成功——如果你是对的，你的世界就是对的。"

我要对你说

生活中未必每天都会经历大事，却时时刻刻在经历形形色色的小事，成功的起点是那点点滴滴的小事，只要成功起步，何愁走不到最终胜利的一天。

花不同果不同

乔 叶

我一向很少羡慕别人，抱怨自己。在对命运的认识、把握和承担上，谁也帮不了谁，羡慕和抱怨也都没有什么意义。我一直这么认为。我常常对别人坦然承认我的顺利，但这并不是说我没有什么可抱怨的：为什么大多数人年过不惑却还可以承欢膝下，我却豆蔻年华中失去了双亲？为什么别人一毕业就有舒适的工作单位水到渠成地等着他们，而我却要像蜗牛一样背着重重的壳一步步艰难爬行？为什么别人还没结婚就有豪华洋房空等伊人，而我结婚数载却还在偿还房债？也曾在无星无月的黑夜里含着泪对自己喊："不公平不公平不公平！"多年以后的今天，我终于明白：这些不公平都是暂时的。如一块包着苦衣的糖，总有甜美的内核让你沉醉；亦如跷跷板下沉的一端，总会有升翔的快乐在前面等待。如果说我与别人有什么不同的话，那就是她们还没有把苦衣吃完就把糖扔了，还没等跷跷板升起就逃离了，而我在沉醉和苦涩的境遇中坚守了下来。也许是孤独、凄冷的青春时代让我比同龄人更懂得珍惜温情和幸福，于是我家庭美满；也许是经历了太多金钱上的困窘，所以在经济宽裕的时候我仍然质朴勤俭，不浮不躁；也许少时的坎坷沧桑让我学会了坚强，加快了成熟，也让我心灵更加纯净、美好和善良。于是我的老师、朋友、编辑、亲人用真诚点燃一盏盏灯，用一支寂寞的瘦笔行路，让我终于走出了那条泥泞狭窄的小径，走到了宽旷明朗的今天。于是，我说：我顺利。命运对我很公平。

顺境总是相对于逆境而言的，从来就没有纯粹的顺境或逆境。追溯百万富翁们的发家史，哪一本不包含汗水和智慧？纵观高官显要们的履历表，哪一步没有神思和心机？哪一位作家不曾在血泪中浸泡？哪一位明星不曾背负明日黄花的苍凉与沉重？也有人说你看某某人的子孙，大树下多自在。可你是否想到：如果他不如父辈，必定萎缩难免日后吃苦，若想同父辈一样或强过父辈，更是必须加倍努力！也许有人能偶尔尝一块天上掉下的馅饼，但没有一个人能靠吃天上掉下的馅饼过一辈子。生活在某方面赐予你优势的同时也必然在另一方面让你具备了劣势。让你处于劣势的同时必定让你在某个角度占据了优势。遗憾的是，许多人总是看到自己的劣势和别人的优势，却忽略了自己的优势和别人的难处，以短比长，难怪要怨恨老天了——岂不知最该怨恨的反而正是他自己。

人不宜比。我总是这么认为。人生固然要勤奋、进取，但在具体的物质上绝不可以放纵地相互比较。比来比去，就会比得人心性低下，精神全无。其实每个人的来历都不一样，在不同点上看到想到的必是十分悬殊。许多人在缺钱的时候喜欢身为百万富翁的痛快，在办不成事时喜欢想象高官们叱咤风云的轻快，平淡久了又会羡慕明星们的热闹风光，却想象不到百万富翁们也有心力交瘁的矛盾和纠缠，高官们也时时会有心惊胆战的危机与寒意，明星们的荣华背后更有几许萧瑟与黯然。每个人都不容易。每一种人生都很艰难。你羡慕他，他羡慕我，眼盯着别人田里的庄稼咽口水，却看不到自家的麦秧上长满了沉甸甸的穗儿。真不知这种人是精还是傻。

一次，偶然在同事的办公桌上看见一句话："花不同果不同。"

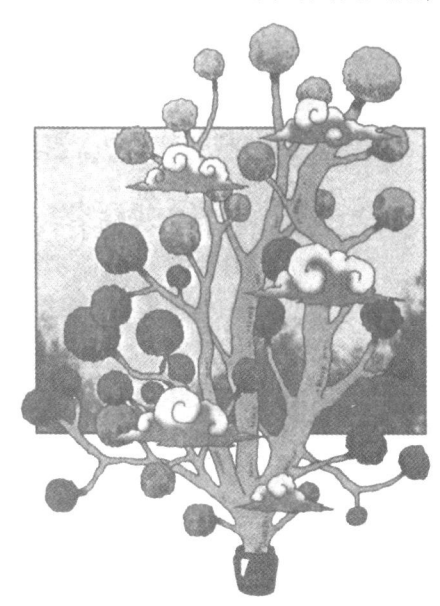

心里十分喜欢。这句简单的话颇有几分禅意，一是说不同程度的努力会有不同的结局。比如一同栽两棵苹果树，对一棵施肥剪枝悉心培育，它定会开繁花结硕果；对另一棵不理不睬懒得照应，就会花稀果少不成体统。人亦如此。二是说各人有各人的魅力与风采，谁也抢不着谁的戏，也犯不着抢。玫瑰有玫瑰的艳丽，野花有野花的韵致，蒲公英也有蒲公英的动人之处。谁也夺不去，谁也改变不了。只要你正视自己，正视命运，哪怕你的花香很淡，也有价值珍存；哪怕你的果实再涩小，也有理由骄傲。

花不同果不同。真心希望所有的人都能坦坦然然地开花，正正经经地结果。

我要对你说

人生之中不同的际遇只因种下了不同的"因"。何必去在意别人的花比自己的开得更艳？坚守住自己的人生，你会发现即使境况不同，但条条路上都洒满了相同的阳光。

宽容是阳光

佚 名

写下这个题目的时候,我想到了很多相关的话。

哲学家康德说:"生气,是拿别人的错误惩罚自己。"优雅的康德大概是不会有暴风骤雨的,心情永远是天朗气清。别人犯错了,我们为此雷霆万钧,那犯错的该是我们自己了。

现代的戴尔·卡耐基不主张以牙还牙,他说:"要真正憎恶别人的简单方法只有一个,即发挥对方的长处。"憎恶对方,恨不得食肉寝皮敲骨吸髓,结果只能使自己焦头烂额,心力尽瘁。卡耐基说的"憎恶"是另一种形式的"宽容",憎恶别人不是咬牙切齿饕餮对手,而是吸取对方的长处化为自己强身壮体的钙质。

狼再怎么扮演"慈祥的外婆",发"从此吃素"的毒誓,也难改吃羊的本性,但如果捕杀净尽,羊群反而容易产生瘟疫;两虎共斗,其势不俱生,但一旦英雄寂寞,不用关进栅栏,凶猛的老虎也会退化成病猫。把对手看作朋友,这是更高境界的宽容。

林肯总统对政敌素以宽容著称,后来终于引起一议员的不满,议员说:"你不应该试图和那些人交朋友,而应该消灭他们。"林肯微笑着回答:"当他们变成我的朋友,难道我不正是在消灭我的敌人吗?"一语中的,多一些宽容,公开的对手或许就是我们潜在的朋友。

三峡工程大江截流成功,谁对三峡工程的贡献最大?著名的水利工程学家潘家铮这样回答外国记者的提问:那些反对三峡工程的人对三峡工程的贡献最大。"反对者的存在,可让你保持清醒理智的头脑,做事更周全；可激发你接受挑战的勇气，迸发出生命的潜能。这不是简单的宽容，这宽容如砺，磨砺着你的意志，磨亮了你生命的锋芒。

虽然我不同意你的观点，但我有义务捍卫你说话的权利。这句话很多人都知道，它包含了宽容的民主性内核。良言一句三冬暖，宽容是冬天皑皑雪山上的暖阳；恶语伤人六月寒，如果你有了宽容之心，炎炎酷暑里就把它当作降温的空调吧。

宽容是一种美。深邃的天空容忍了雷电风暴一时的肆虐，才有风和日丽；辽阔的大海容纳了惊涛骇浪一时的狷獗，才有浩渺无垠；苍莽的森林忍耐了弱肉强食一时的规律，才有郁郁葱葱。泰山不辞抔土，方能成其高；江河不择细流，方能成其大。宽容是壁立千仞的泰山，是容纳百川的江河湖海。

与朋友交往，宽容是鲍叔牙多分给管仲的黄金。他不计较管仲的自私，也能理解管仲的贪生怕死，还向齐桓公推荐管仲做自己的上司。

与众人交往，宽容是光武帝焚烧投敌信札的火炬。刘秀大败王朗，攻入邯郸，检点前朝公文时，发现大量奉承王朗、侮骂刘秀甚至谋划诛杀刘秀的信件。可刘秀对此视而不见，不顾众臣反对，全部付之一炬。他不计前嫌，可化敌为友，壮大自己的力量，终成帝业。这把火，烧毁了嫌隙，也铸炼坚固的事业之基。

你要宽容别人的龃龉、排挤甚至诬陷。因为你知道，正是你的力量让对手恐慌。你更要知道，石缝里长出的草最能经受风雨。风凉话，

正可以给你发热的头脑"冷敷";给你穿的小鞋,或许让你在舞台上跳出曼妙的"芭蕾舞";给你的打击,仿佛运动员手上的杠铃,只会增加你的爆发力。睚眦必报,只能说明你无法虚怀若谷;言语刻薄,是一把双刃剑,最终也割伤自己;以牙还牙,也只能说明你的"牙齿"很快要脱落了;血脉偾张,最容易引发"高血压病"。

"一只脚踩扁了紫罗兰,它却把香味留在那脚跟上,这就是宽恕。"安德鲁·马修斯在《宽容之心》中说了这样一句能够启人心智的话。

我要对你说

宽容是以德报怨的大度,是人性之中的美德。一片阴霾之中,仇恨是乌云,加剧黑暗;而宽容是那冲破云层的阳光,驱散寒冷、黑暗,给人带来新的希望。

打捞自己

储劲松

心灵是一片潜藏的深蓝色水域,那里,有芳衡杜若,有鱼群珠贝和美丽绝伦的珊瑚,还有供养我们生命体的光、水、盐与钙。美国人梭罗把这片水域叫作瓦尔登湖,他在那里打捞了两年,收获的何止是湖光山色?还有健康的身体、清晰的头脑和一生一世都受用无穷的智慧!法国人法布尔把这片水域叫作荒石园,他在那里打捞了一辈子,收获的又何止是《昆虫记》?还有生命的乐趣、观察的能力和石蚕、胡蜂、红蚂

蚁、克鲁蜀蜘蛛们的处世哲学！这些人类的大智慧者，不仅懂得从现实生活中汲取营养，还聪明地懂得，心灵的水域更是一个藏珠怀玉的宝库。

然而，我们搭乘一艘生命的航船，一路呼啸和号叫着，奔往我们那所谓的目的地，常常会忘记了活着的意义。并不只是那个也许并不存在的终点，而在于细节和过程。沿途，我们龇牙咧嘴或者一脸阴谋地，把贪婪的本性发挥到极致，把一切能够捞上船的东西，统统打捞进舱。甚至连游到船舷边的巨鲸、半只袜子、海妖丢在船头诱人上当的魔瓶，都不想轻易地放过，我们好像早已忘记，这艘船并不是航空母舰，它的承载力是极其有限的，即使它暂时不会沉没，至少那满舱的货物，会影响我们前进的速度。

在这样一种极度亢奋的状态中，我们的身体和大脑被攫取的欲望控制着，像永动机般运转不停。死寂的却是心灵，那隐匿在内心深处的另一个自己。我们全然不知，心灵深处的那片水域里，有我们想要的氧、牛奶和粮食。我们弃这个本就属于自己，随时可供打捞的宝库于不顾，却一心一意去打捞那些身体之外并非必需的东西，这是多么荒唐的一件事！

还有，每一个人自降临人世，时间这种不长脚却会拼命跟人赛跑的动物，就在催促着我们急慌急忙地进行人生的苦旅。以至于我们的一生，都被无穷无尽的学习、工作、家务、人际交往填充得密不透风，连吸点新鲜空气、看看朝阳、发一个婉约的呆的机会都没有。这是一段多么辛苦和不幸的苦役。可是我们还扬扬得意地安慰自己、告诉别人：瞧，我这一生是多么的充实啊，连一滴水的光阴都没有浪费！

这种生活方式事实上是非常蠢笨的，至少不是那么聪明。其实就连整张的铁板里面，也存在有许许多多的气泡，我们又何妨稍稍留一点儿时间，哪怕是用一个晚上，或者茶余饭后的空当，访问一下自己的心灵呢。试着给自己放一会儿小假，放牧一下自己，去那片深蓝色的水域，做一个打赤脚穿草鞋的渔夫。像"闲来垂钓碧溪上"的李太白，像

"独钓寒江雪"的柳子厚，像"青箬笠、绿蓑衣"的张子同，打捞一小朵闲适、一小盏韵味、一小滴智慧。

有什么不可以呢？即使我们活上三生三世，那些棉絮一样琐碎缠身的事务，哪又能干得完满？即使我们一直用清凉油涂眼睛，世上的功名利禄，哪又能一把全捞到怀里？过度的充满是虚胖，多了的东西都是负担！

每一个人的心灵水域就是一个瓦尔登湖或者荒石园。让我们带上一张渔网，坐在夕阳下，或者夜风里，安静地打捞自己，把多余的一切过滤掉，把我们真正需要的拉上来。生命的智慧，耽往于善于放弃和打捞。

我要对你说

人生的经历，就如那淙淙流淌的河水，随时光流逝，去而不返，只留下那或欢乐或悲伤的记忆，或阳光或阴暗的心境，人活一世需时时打捞自己，留取阳光、欢乐，放逐阴暗、悲伤。

生命因什么而不同

流 沙

来佳俊,是杭州萧山的一个盲童。但在全国,却小有名气。

他的钢琴弹得非常好,许多钢琴大师听了他的演奏,都为他惊叹不已。大师们说,他是在用自己的心灵演奏。无师自通的佳俊,能弹奏近两百首世界名曲,并先后取得过二十多个钢琴比赛的冠军。

他的故事,似乎命中注定。

他因为早产,肺没有发育完全,医生用氧气向肺部充气让他维持呼吸,得以存活下来。但因为"氧气中毒"导致双目失明。但老天垂青他,他有一双异常敏感的耳朵,对音乐只要聆听一遍就能烂熟于心。

如果不去发现,这一切便错过了。因为许多孩子天生就喜欢音乐。

我见过佳俊的母亲。她说,孩子喜欢音乐,当时并没有引起她的注

意。但是她可怜孩子，他所喜欢的东西，尽量去满足他。

这只是父母的一个良好的初衷。他们不愿去想，一个盲孩子怎么可能弹好钢琴。

孩子有了琴，父母也刻意让他在音乐中找到快乐。但他们都没有想到，这个"纵容"，竟然培养出了一位小小钢琴家。

几年前，法国钢琴名家巴铎夫斯基在听完孩子的演奏后，感慨不已："这孩子对音乐的理解超乎常人，他能弹出德彪西的味道，手型也像德彪西。"

佳俊的快乐，我亲眼目睹。他不在乎自己看不到东西，他甚至以自己看不见东西为说词开玩笑。我为他庆幸，庆幸他在那么小的年龄喜欢上了音乐，庆幸他从音乐中忘却了人生的残酷和痛苦。有时候，我经常在思考"生命因什么而不同"这个问题，佳俊这个孩子的际遇，让我悟到人生应该有所寄托。你把自己托付给一日三餐，那么你开始考虑以后的谋生技能，然后再想着谋生的困难，最后你得到的可能是无穷无尽的烦恼和痛苦。如果你把自己托付给像音乐这样可以忘却自己的职业，那么可以麻醉自己的不幸，你得到的可能是洒脱。

生命因什么而不同，生命因你的兴趣而不同。

我要对你说

生命是一棵平凡无奇的松树，要装点上五彩斑斓的"兴趣"的彩灯，才会使生命展现出独特的风采，生命才会从此而不同，与其称之为命运的转变，不如说这是生命的升华……

要想改变自己,什么时候都不晚

敬一丹

我不是什么成功女性,也不是什么女强人,只不过是干电视工作的,如果说还取得了一点小小成绩的话,不过是比别人多付出了一些汗水而已。回头看自己走过的路,我觉得每一个脚印里盛满了坎坷和踏实。

从北京广播学院毕业后,我回到了家乡黑龙江,在省人民广播电台工作。因为经历过上山下乡的知青生活,我的文化底子薄,于是我报考了母校的研究生,可连续两次都名落孙山。当时我已经29岁了,不想再这样折腾了,但就这样放弃,我又有些不甘。那段时间,我一直闷闷不乐。母亲是个知识女性,她对我说:"人的命运掌握在自己手里,真要想改变自己,什么时候都不晚。"

"什么时候都不晚",就是这一句话,让我第三次走上了考场,终于在30岁的那一年成

为北广的研究生。拿到录取通知书时，我感慨万千，30岁，我的人生又有了一个新的开始。

33岁那年，中央电视台经济部来北广要人，经过面试、笔试和实践考核，我幸运地被录用了。当时来自亲友们的阻力很大，他们说我是头脑发热，都三十多岁的人了，还瞎折腾什么。我想，如果我听从了他们的意见，也许自己这辈子就会在北广做一名老师，永远过着波澜不惊的生活，那将是我一辈子的遗憾。

在人生的关键时刻我又一次犹豫了，我真的还有能力面临这次新的人生考验吗？那段时间，我不断地想起母亲的话："人要想改变自己，什么时候都不晚。"我最后的决定是，不管怎么样，不能让自己的人生留下遗憾，哪怕失败了，我也无怨无悔。就这样，我在33岁的年纪走进了中央电视台，成为一名主持人。

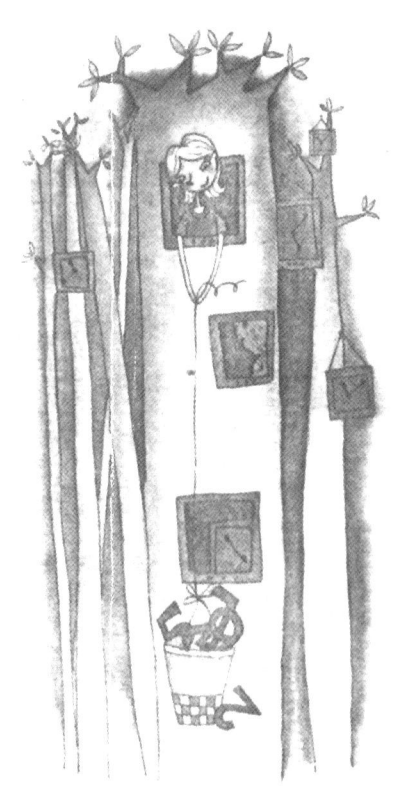

一转眼，我就到了40岁，看到镜子里自己眼角细密的皱纹，我突然有一种深深的危机感和失落感。我把自己的困惑和烦恼向母亲倾诉了，母亲说："丹啊，你不觉得这十几年来，你是越来越美丽了吗？每一个人都不可避免会变老，有的人只是变得老而无用，可是有的人却会变得有智慧有魅力，这种改变，不是最好的吗？"那一刻，我迷茫混沌的心豁然开朗，是啊，年轻女主持人的本钱是美丽和青春，而40岁的我，虽然青春和美丽已经不在，但我可以靠自己的智慧、学识、修养和内在的气质来赢得观众的喜爱。年龄对一个人来说，可以是一种负担，也可以是一种财富。心态平和了，工作的热情又重新回来了，尽管我已四十多岁了，但领导依然让我在栏目组里挑大梁。

我的人生，应该说没有被命运和机遇特别垂青过，每一步，都是自己踏踏实实走下来的。我特别感谢母亲，是她在那些关键的时刻解开了我的心结，告诉我人生的方向应该把握在自己的手里。如果到了50岁、60岁，又有新的梦想在诱惑我，我想我依然会义无反顾地朝着它走去。好的改变，什么时候都不嫌晚。

我要对你说

"人的命运掌握在自己手里，真要想改变自己，什么时候都不晚。"书中母亲的话，让人回味良久，是啊，成功的人是命运的主宰者，当机遇、挑战来临时，不会选择与其擦肩而过或是懦弱地退却，而会勇敢地改变自己，要知道什么时候都不会晚。

关照内心

曾文广

德谟克里特是古希腊著名的哲学家,他晚年时把自己的两只眼睛弄瞎了。

有人问他:您为什么要这样做?哲学家平静地回答:为了看得更清楚!

每每读到上面这些文字时,眼前便不断浮现出一个双目失明的老人

凄恻、孤苦伶仃的形象，心情十分沉重。同时，老人充满玄机的回答亦让我百思不得其解：弄瞎了双眼，他还说是"为了看得更清楚"，果真如此吗？

后来在一本书中读到一篇关于意大利画家阿马代奥·莫迪里阿尼的文字。

让我惊讶不已的是，这位天才画家的言和行在某方面与古希腊哲学家德谟克里特极为相似，简直如出一辙。文中提到——在这位画家创作的肖像画里，许多成年人的形象只有一只眼睛露出来。画家对此的解释是："这是因为我用一只眼睛观察周围的世界，而用另一只眼睛审视自己。"

画家说得多好啊！

画家的解释也使我豁然开朗。我想他已经"告诉"我哲学家在双目失明后为何还坚持宣称自己"是为了看得更清楚"了——

画家在画中"藏"起了一只眼睛，因为他知道如果自己想做一名优秀的画家，仅仅观察"周围的世界"是远远不够的，他必须为自己"留下"一只眼睛，并用这只眼睛去"审视自己"，去关注那些属于灵魂的东西，去发现天使涂抹在心灵的墙壁上的色彩；哲学家的智慧来自对自我的思考和总结，较之画家，他得花更多时间和更多精力去审视自己、关注内心，做一个完完全全拥有内心的人——正因如此，他所要"观察"的对象也就是他本人，即他自己的思想和灵魂。哲学家的这种观察可以称之为"观心"。在他看来，"观心"是根本就不需要用眼睛的，一只眼睛也用不着。用不着的东西如同奢侈的摆设，留之又有何用？哲学家最终自行毁去了双眼。

哲学家从此看不见日出月落、花开花谢，看不见前来拜访自己的老朋友兼对手的笑脸，也不能在雨夜里点燃灯盏，把读过的书重温一遍。世界展现在哲学家眼前的只是一片永恒的夜一般的漆黑。但是，作为自己内心世界的拥有者与诗意栖息者，他比以前任何时候都更接近自己的灵魂；那些生长在心灵这片土地上的思想的花草、树木，通过不间断地反复观察，他也的确比以前"看得更清楚"了……

画家和哲学家是睿智的，无疑也是孤独的——人们总是习惯于把目光集中在他们以为极其重要而实际上却是微不足道的东西身上，从不稍稍低下头来看看自己，看看内心那座因空置太久已冷清荒凉的房子。

不必人人都赞同画家和哲学家的做法，但是在这个充满各种诱惑、令人眼花缭乱的世界，如果人们可以让自己对一些东西视而不见，每天多花一点时间去关照一下自己的心灵，也许更容易发现那些对自己真正有用的东西。

我要对你说

用一只眼睛观察世界，用另一只眼睛审视自己。关照内心，关爱灵魂，给自己建造一个清明、幽静的内心世界，然后从心出发，活出自己的生命色彩。

心里暖，天就不冷

黄守东

我不畏惧饥饿疼痛，可我畏惧寒冷的冬天。尽管冬天可以堆雪人、滑雪车、扣麻雀，可冬天实在太冷太冷。那时我们的房子很破很破，而北风像无数根锋利的钢针，从窗缝墙洞里射进来，躲也躲不过！白天坐在炕上也会冻了脚，夜里缩成一团裹在被子里还打冷战……

要是有个小火炉该多好！这是我那时最大最迫切的愿望。小鹏家就有个小火炉，整天暖烘烘的，进到他家就懒得出来，我问妈妈，什么时候咱们也能买一个小火炉呢？妈妈说，等明年吧，明年宽裕了，一定买个小火炉！

于是我就盼着这个冬天快快过去，期盼着下个冬天那个温暖的火炉。可是第二个冬天仍是个失望的冬天，寒冷难耐的冬天。于是我就在

呼啸的北风中期待下一个冬季……终于，在我十岁那年冬天，妈妈买回了一个小火炉！

啊，我终于拥有了一个小火炉！那一天我兴奋得像过年。我不再怕天冷了。白天，望着火炉，我身上就会有一种暖洋洋的感觉；夜里，我常梦见红红的亲切的火苗在火炉里欢舞，热得我直蹬被子。

生起火炉吧！我老是忍不住。妈妈说，再等等吧，火炉生早了，冷天人会不禁冻，也就觉不出暖和了。我就等着。往年的冬天我提心吊胆害怕明天，因为明天可能比今天更冷，更难熬，可是这个冬天我却不再害怕，甚至还暗暗生出一丝期冀，期冀一个最寒冷的明天，我好生起我的小火炉。

但是那个最寒冷的日子迟迟不到。今年的冬天比去年暖，是吗？我问妈妈。不，一样的！妈妈微笑着望着我。

妈妈开始为燃起小火炉做准备，她天天起早到大路去扫拉煤车漏在路边的煤，又到野外挖黄土来和煤，十岁的我以为自己能帮妈妈了，可那黄土冻得很硬，妈妈的手都被冻得裂开了口子也不让我帮她，我不禁分外珍惜起这火炉来。

把小火炉生起来吧，天好像冷了！又过一段时间妈妈说。不，我说，再等等，等到最冷的那一天，好吗，妈妈？妈妈望着我，郑重地点点头。

我等待着，盼望着，用无畏和欢悦的心情迎候着那寒冷的日子。

冬天一天天冷起来。冬天一天天走过去。

但最冷的那天好像知道我已经有了一个专门对付它的小火炉，躲藏得踪影不见。来，孩子，帮我把小火炉搬出去！那天妈妈喊我。

什么，搬出去，为什么？我疑惑不解。

妈妈说，冬天已经过去，春天又要回来了！

什么，冬天已经过去了，可最冷的日子还没有到来呀？头一回我不相信妈妈的话。我感觉刚刚走过去的这个冬天一点儿也不冷。

妈妈欣慰地笑着说，孩子，不是冬天不冷，是因为你心里已先有了一炉火!

心里先有一炉火？我重复着妈妈的话，似懂非懂。

因为有了一个小火炉，那个寒冷的冬天我就没有感觉到寒冷，并且有勇气快乐地迎候每一个寒冷的明天，尽管那个小火炉一次也没有生起来过。

从那时起我不再畏惧冬天。因为我心中有了信念，有了爱。有了它们，比冬天更可怕的事情我也不再畏惧。

我要对你说

家是避风的港湾，家是心灵的归宿，家是温暖的源泉。有了它，无论漂泊在多远的地方，你也不会觉得孤单；有了它，无论遇到怎样的困难，心中都会充满力量。

礼貌与机会

蒋光宇

一批耶鲁大学的应届毕业生被导师带到华盛顿的国家实验室参观。坐在会议室里,学生们等待着实验室主任胡里奥到来。

这时,一位秘书给大家倒水,同学们表情木然地看着她,其中一个甚至问道:"有黑咖啡吗?天太热了。"秘书说:"真抱歉,刚刚用完。"

轮到一个叫比尔的学生,他轻声地说:"谢谢,大热天的,你辛苦了。"

秘书抬头看了他一眼,虽然这是客气话,却让她感到温暖。

门开了,胡里奥主任走进来,打着招呼,不知为什么,会议室里静悄悄的,没有一个人回应。比尔左右看看,犹豫了一下,鼓了几下掌,同学们这才稀稀落落地跟着拍起手来。

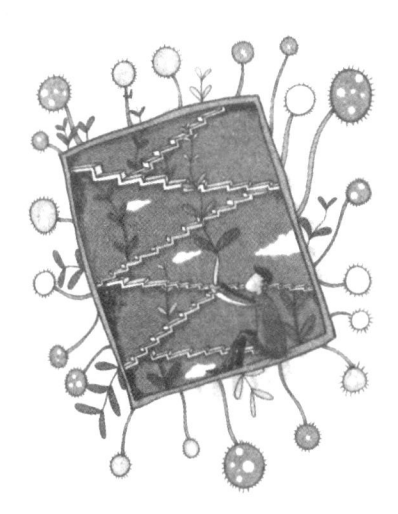

胡里奥主任挥了挥手,说:"欢迎同学们到这里参观。平时,都是由办公室负责接待,而我和你们的导师是老同学,这一次,由我亲自给大家讲一些有关的情况。同学们好像都没有带笔记本,秘书,请你拿一些实验室印的纪念手册,送给同学们。"

接下来,更尴尬的事情发生了,大家随手接过胡里奥主任双手递过来的纪念手册。

胡里奥主任的脸色越来越难看，这时，比尔站起来，身体微倾，双手接过纪念手册，恭恭敬敬地说："谢谢您。"

胡里奥眼前一亮，拍拍比尔的肩膀："你叫什么名字？"

比尔照实作答。

两个月后，在毕业生的去向表上，比尔的去向栏里赫然写着某军事实验室。几个同学找到导师，说："比尔的学习成绩最多算是中等，凭什么选他，而没选我们？"

导师笑着说："比尔是人家国家实验室点名要的。其实，你们的机会完全一样，你们的成绩还比比尔好，但是，除了学习，你们要学的东西还有很多，礼貌便是重要的一课。"

我要对你说

法国作家蒙田曾说过："礼貌无须花费一文而赢得一切。"有人会说礼貌只是几句客套话，如"抱歉""谢谢""辛苦了"……但正是这些简短的词语却彰显了一个人的修养，会产生意想不到的效果。养成懂礼貌的好习惯，良好的性格随之形成，美好的人生就在眼前。

生活的一种

贾平凹

院再小也要栽柳，柳必垂。晓起推窗，如见仙人曳裙侍立；月升中天，又似仙人临镜梳发。蓬屋常伴仙人，不以门前未留小车辙印而憾。能明灭萤火，能观风行。三月生绒花，数朵过墙头，好静收过路女儿争捉之笑。

吃酒只备小盅，小盅浅醉，能推开人事、生计、狗咬、索账之恼。能行乐，吟东坡"吾上可陪玉皇大帝，下可陪卑田院乞儿"，以残墙补远山，以水盆盛太阳，敲之熟铜声。能嘿嘿笑，笑到无声时已袒胸睡卧柳下。小儿知趣，待半小时后以唾液蘸其双乳，凉透心膛即醒，自不误了上班。

出游踏无名山水，省却门票，不看人亦不被人看。脚往哪儿，路往哪儿，喜瞧峋岩钩心斗角，倾听风前鸟叫声硬。云在山头登上山头云却更远了，遂吸清新空气，意尽而归。归来自有文章作，不会与他人同，既可再次意游，又可赚几个稿费。补回那一双龙须草鞋钱。

读闲杂书，不必规矩，坐也可，站也可，卧也可。偶向墙根，水蚀斑驳，瞥一点而逮形象，即与书中

人、物合，愈看愈肖。或听室外黄鹂，莺莺恰恰能辨鸟语。

　　与人交，淡，淡至无味，而观知极味人。可邀来者游华山"朽朽桥头"，敢亡命过之将"××到此一游"书于桥那边崖上者，不可近交。不爱惜自己性命焉能爱人？可暗示一女子寄求爱信，立即复函意欲去偷鸡摸狗者不交。接信不复冷若冰霜者亦不交，心没同情岂有真心？门前冷落，恰好，能植竹看风行，能养菊赏瘦，能识雀爪文。七月长夏睡翻身觉，醒来能知"知了"声了之时。

　　养生不养猫，猫狐媚。不养蛐蛐儿，蛐蛐儿斗殴残忍。可养蜘蛛，清晨见一丝斜挂檐前不必挑，明日便有纵横交错，复明日则网精美如妇人发罩。出门望天，天有经纬而自检行为，朝露落雨后出日，银珠满缀，齐放光芒，一个太阳生无数太阳。墙角有旧网亦不必扫，让灰尘蒙落，日久绳粗，如老树盘根，可作立体壁画，读传统，读现代，常读常新。

　　要日记，就记梦。梦醒夜半，不可睁目，慢慢坐起回忆静伏入睡，梦复续之。梦如前世生活，或行善，或凶杀，或作乐，或受苦，记其迹体验心境以察现实，以我观我而我自知，自知乃于嚣烦尘世则自立。

　　出门挂锁，锁宜旧，旧锁能避蟊贼破损门；屋中箱柜可在锁孔插上钥匙，贼来能保全箱柜完好。

我要对你说

　　作者的人生哲学倒颇有些陶渊明"采菊东篱下，悠然见南山"的意味。人生在世，讲究的是闲适二字，于闲适中享受生活。与山川草木、花鸟虫鱼融为一体，吃酒，看书，作画，在悠悠流逝的时光中品味人生的真意。

流泪的太阳

张亚凌

儿子是悬挂在我心灵天空的那轮太阳,他的阴晴是我的悲喜。我的太阳流泪了——都是考试惹的祸!

排词造句:荷花,在,小明,笑,阳光下,冲着。

儿子写下"阳光下,荷花冲着小明在笑"。鲜红的错号冲着儿子龇牙咧嘴,标准答案是"小明在阳光下冲着荷花笑"。

死板的常规思维挫败了形象的描述!

造句:用"终于"写句话。

"盼呀,盼呀,盼得我精疲力竭,终于放假了。"

8岁的孩子,用了反复的修辞,还形象地用"精疲力竭"刻画出

"终于"的艰难，又错了。问其原因，"思想认识不正确，学生不能老盼放假"。

天哪，是考思想认识吗？

作文：我的理想是_____（根据需要填入内容）。

儿子填进的是"……"，他这样来写：我的理想很多很多……

我想成为一名医生。奶奶身体不好，有时半夜都得找医生，爸爸不在家，妈妈实在太辛苦了。我成为医生后，就能给奶奶看病了。我想成为一名老师。我们学校都是女老师，我们喜欢男老师，男老师能把我们培养成男子汉。我的理想就这么多，我真的都想实现！

评语是"不具体，脱题了"。同样是教育工作者的我真的无话可说，又能说什么呢？这仅仅是一张试卷，我不知道后面还有多少份"标准"的试卷在等着他，有多少伤害在等着他！

我的太阳困惑于知识的对错，我真的希望他在多样化语言展示的快乐中学好语文——我们最美丽最丰富的母语！

惹得我的太阳因困惑而流泪的，不只是知识的掌握。

学校尝试"诚信无人监考"，让学生相互监督。儿子是绝对不会照抄的，反倒监督出3个学生，还诚实地附上了他的班级姓名。其中两个就是他们班的，惹得科任老师很不高兴，班主任还说他"胳膊肘往外拐不分里外"，批评了他。

我的太阳那次几乎是泪雨滂沱——我又如何能抚平

他心头的伤痕？我又怎能保证这是他第一次也是最后一次因为坚持正确而受到伤害？这还是在学校，一个专门履行教育的神圣场所，校外的是非更为模糊，我又如何去照顾、呵护他？

我盼望他能尽快走向自立、自明是非并恪守做人原则，可我真的不想让他在懵懵懂懂中伤痕累累，那样，他将如何构建起美丽而坚固的人生大厦？

不要再让我的太阳流泪了，灿烂，才是他的本性！

我要对你说

慨叹孩子有一颗纯真烂漫的心灵，他以纯真之眼来看待人情世故的哲学，却往往受伤。然而又担忧孩子的未来，他需要经历多少如此的"打击"才会适应这个规则化的世界，这也许又是另一种悲哀。

再坚持一下

党保国　编译

老亨利是让周围人羡慕的人物,他是一家大公司的老板,每年利润就有上百万;但他年过七旬仍不愿意在家里享清福,却每天到公司来巡视。

老头挺古怪,有时会悄悄溜到某个办公室门前,将耳朵贴在门缝上;有时还会突然将门推开,弄得里边的人十分尴尬,他却哈哈大笑。老亨利对员工很和善,从不发脾气。看见有人工作没做好,他就会用手拔出含在嘴里的大雪茄,说:"伙计,没关系,别灰心,再坚持一下,准能成功。"说完还拍拍对方的肩膀。他这种做法很得人心,全公司上

下都十分卖劲儿地工作，谁也不偷懒，这样财源又滚滚流入老亨利的腰包。

　　一天，新产品开发部经理马克向老亨利汇报："董事长，这次试验又失败了。我看就别搞了，都第23次了。"马克皱着眉头，瘦削的脸上神情十分沮丧，办公室里温暖如春，各种装饰品闪闪发光，米黄色的地板一尘不染。看到这些，马克就想起自己经常停暖气的公寓，什么时候自己也能拥有这样的房子？再瞧瞧歪靠在皮椅上的董事长，脑门被阳光照得泛着亮光，手里还摆弄着一把小梳子，这老头有啥本事成为这么大家业的主人？马克心里暗想。一阵困意袭来，他忍不住打了个哈欠。在房间的那边，戴维——老亨利唯一的孙子正坐在安乐椅上，翻弄着一本彩色画报。老亨利十分宠爱戴维，可令他头疼的是，戴维什么都喜欢，唯独不喜欢学习，为这，老头费了不少心思。

　　"年轻人，别着急，坐下。"老亨利指了指椅子，"有时候事情就是

这样，你屡干屡败，眼看没有希望了，但坚持一下，没准就能成功。"老亨利将雪茄重新塞进嘴里。"董事长，我真没办法了，您是不是换个人。"马克的声音有些沙哑。

"马克，你听我说，我让你搞，就相信你能搞成功。来，我给你讲个故事。"老亨利吸了一口雪茄，缕缕青烟在他脸旁袅袅上升，他眯着眼睛开始讲起来。

"我也是个苦孩子，从小没受过教育，但我不甘心，一直在努力，终于在我31岁那年，发明了一种新型节能灯，这在当时可是个不小的轰动。但我是个穷光蛋，要进一步完善还需要一大笔资金。我好不容易说服了一个私人银行家，他答应给我投资。可我这种新型节能灯一投放市场，其他灯就会没有销路了，所以有人暗中千方百计阻挠我成功。但我不管，我有我的理想；可谁也没想到，就在我要与银行家签约的时候，我突然得了胆囊症，住进了医院，大夫说必须做手术，不然会有危险。那些灯厂的老板知道我得病的消息就在报纸上大造舆论，说我得的是绝症，骗取银行的钱来治病。这样一来，那位银行家也半信半疑，不准备投资了。更严重的是，有一家机构也正在加紧研制这种节能灯，如果他们抢在我前头，我就完蛋了。当时我躺在病床上万分焦急，没有办法，只能铤而走险，先不做手术，仍如期与那位银行家见面。

见面前，我让大夫给我打了镇痛药。在我的办公室见面时，我忍住疼痛，装作没事儿似的，和银行家拍肩握手，谈笑风生，但时间一长，药劲儿过去了，我的肚子跟刀割一样疼，后背的衬衣都让汗水湿透了。可我咬紧牙关，继续和银行家周旋，我心里只剩下一个念头：再坚持一下，成功与失败就在于能不能挺住这一会儿。病痛终于在我强大的意志力下低头了，自始至终，在银行家面前，我一点破绽也没露，完全取得了他的信任，最后我们终于签了约。我送他到电梯门口，脸上还带着微笑，挥手向他告别。电梯门刚一关上，我就扑通一下倒在地上，失去了知觉。隔壁的医生早就准备好了，他们冲过来，用担架将我抬走。后来据医生说，当时我的胆囊已经积脓，相当危险！知道内情的人无不佩服我这种精神。我呢，就靠着这次成功一步步走到现在。"

老亨利一口气将故事讲完，他的头靠在皮椅上，手指夹着仍在冒烟的半截雪茄，闭起了双眼，仿佛沉浸在对往日的回忆中。这时屋里静极了，只有墙上大挂钟的嘀答声。戴维不知什么时候凑过来，歪着头聚精会神地听着。马克也被老亨利的故事感动了。他望着董事长那油光发亮的前额，眼眶里闪动着晶莹的泪花，感到万分羞愧。唉，和董事长相比，自己这点困难算什么？从董事长身上他看到一种精神，而这种精神就是创造财富的真谛！董事长无愧于这间高大宽敞、摆放着高级硬木家具房屋的拥有者。

"董事长，你刚才讲得太动人了，从您身上我真的体会到了再坚持一下的精神。我回去重新设计，不成功，誓不罢休！"马克挺着胸，攥着拳，脸涨得通红，说话的声音都有些颤抖了。

这时，在一旁的戴维突然从沙发上一跃而起，跑到爷爷的办公桌前，专心致志地写起字来。老亨利看孩子今天破天荒地拿起笔写字，心里乐开了花。他微笑着对马克说："你看，现在我孙子也知道努力了。

他考艺校总差几分,显然我那'再坚持一下'的思想也感染了他。"

"爷爷,我听了您的故事特受启发。"戴维抬起头认真地说,"我给班里的珍妮已写了103封信,但她一封也没给我回。我都灰心了,可您那'再坚持一下'的精神鼓励了我,我现在写第104封信,希望这次能够成功。"

我要对你说

山高九仞,功亏一篑。有时候我们距离成功只有那么一点点,但是因为我们停止了前进的步伐,才导致我们永远没有机会采摘那成功的果实。俗语有云:行百里者半九十。在我们自认为已经无力前行或是前途渺茫时,也许我们需要的仅仅是再坚持一下。

善良的种子会开花

梅 寒

那天,她来报社找我,说有一个弱智的女儿,已经走失了七年。七年里,他们全家发了许多传单广告,还是没有找到女儿。但她以一个母亲的直觉,坚信女儿还活着,听说我们报社来了一个流浪女孩儿,她来看看。

我把那个女孩儿领到她面前的时候,她怔住了,眼泪哗地流下来。她急切地拉住女孩儿的手,说:"就是这闺女,就是她,没错,是我的

小玉兰。"被她唤作玉兰的女孩儿，只是很茫然地看着她，拼命地把自己的手从她那双苍老的手里往外抽。那女孩儿对她，没有一点印象。"她本来脑子就不太好使，又过去七年时间，难免会记不得我。"她撩起衣角揩去眼角的泪，脸上露出欣慰的笑容。那一刻，我甚至相信，那个女孩儿就是她苦苦寻觅了七年的女儿。但我们还是要遵从科学的规范，要为她们做亲子鉴定。

在等待结果的那段时间，她要求先把孩子领回家去。孩子在外漂泊了那么多年，她要好好补偿孩子。我们同意了。

结果出来得有些慢，那长长的一段日子里，她再也没有出现在我的办公室。她连结果都不来问一下，有什么比一位母亲的感觉更准确呢？可我们谁都没想到，她的感觉出错了。检测结果出来了，那个女孩儿，与她没有丝毫的血缘关系。一张薄薄的纸，就让她所有的希望与爱落空了。

我们直接去了她家，希望用委婉的方式来向她表述这份遗憾。去的时候，她正在给玉兰梳头。一个多月没见，玉兰和我们第一次见到的时候判若两人。她的脸儿洗得白白的，透着淡淡的红润。一头乱糟糟的长头发梳成两条油光光的麻花辫子，身上穿着喜庆的红色碎花裙子，只是目光仍有些呆呆的。

她把我们让进屋，目光却始终没有离开过玉兰。她说，这孩子来了一个多月，总算记起些什么，脑子还是不太好使。说话间，她的几个子女也相继进屋。看得出，他们同样疼爱着这个失而复得的妹妹。

绕了大半天，我还是支支吾吾地说："结果出来了，这个女孩儿可能不是你们要找的那个孩子。"她像没听明白，脸上一直挂着笑，淡淡地说："你说什么？玉兰不是我的孩子？说笑话吧。"我把结果递给她，她摇头说："不用看了，这孩子就是我们的。"

她儿子接过检测书，脸上的笑慢慢僵住了："妈，她不是我妹妹。"她不再笑了，回头看看玉兰，又抢过那份检测书，眼泪就慢慢流下来："怎么会这样？"她一直喃喃着，连我们出门时也没出来送。

那天下午，我们的车刚开回单位，他们一家人已风尘仆仆地站在我们的大门外。她拉着玉兰的手，玉兰的胳膊上挎着一个大大的包，里面塞满吃的穿的。她说："既然她不是我们的孩子，我们还是把她送回来，你们再接着帮她找亲人吧，也接着帮我们找找我们的玉兰。"说这些时，她的眼睛一直红红的。

他们把女孩儿交给我们，匆匆走了。

两条寻人启事，又像两块重重的大石压在我们每一个人的心上。

找不到女孩儿的亲人，我们只好先安排女孩儿住下。吃晚饭时，她忽然问："妈妈怎么不来接我？她说一会儿就接我回家的。"我的心一下子揪紧了，她到底还是对那个家有印象的。

接下来，我们又忙碌着为女孩儿寻找亲人，也为那位母亲寻找真正的玉兰。不料几天后，她又来了，在儿子的陪同下。见着我们，她就急切地问："玉兰呢，她这几天怎么样？"我们抱歉地回答，她的玉兰还没有一点消息呢。她说："错了，我说的是现在的玉兰。"我有点糊涂。她解释说："我们来领玉兰回家的。回去后，想来想去，我们还是放不下她。怎么说，这孩子与我们是有缘分的。尽管她不是我们的玉兰，我们还是决定要她了，直到她找到真正的家人为止。找不到，我们就养她一辈子。"

这是我们没有料想到的。

"我们要好好待她，她也是爹娘身上掉下的肉，她的爹娘也正在她不知道的地方为她揪着心呢。世上总是好人多，说不定，我们的玉兰，这会儿也正跟着好心人享福呢。"看着她再一次拉着女孩儿的手，走出了报社的大门，我的眼睛

湿润了。

是的，两个女孩儿都会很好，因为，在世界的每个地方，都会有像她一样善良的人，善良的心。那一颗颗善良的心，就像一粒粒种子，把爱植在世界的每一个角落。

我要对你说

善良的心，如同一粒粒爱的种子，能把爱播撒到世间的每个角落。正因为有如此多的善良的人存在，这世界才会如此美好平和！

天山向日葵

张抗抗

从天山下来,已是傍晚时分,阳光依然炽烈,亮得显眼。从很远的地方就见了那一大片向日葵海洋,像是天边扑腾着一群金色羽毛的大鸟。

车渐渐驶近,你喜欢你兴奋,大家都想起了凡·高,朋友说停车照相吧。这么美丽这么灿烂的向日葵,我们也该作一回向阳花儿了。

秘密就是在那一刻被突然揭开的。

太阳西下,阳光已在公路的西侧停留了整整一个下午,它给了那一大片向日葵足够的时间改换方向,如果向日葵确实有围着太阳旋转的天性,应该是完全来得及付诸行动的。

然而,那一大片向日葵,却依然无动于衷,纹丝不动,固执地颔首

朝东,只将那一圈圈绿色的蒂盘对着西斜的太阳。它的姿势同上午相比,没有一丝一毫的改变,它甚至没有一丁点儿想要跟着阳光旋转的那种意思,一株株粗壮的葵干笔挺地伫立着,用那个沉甸甸的花盘后脑勺,拒绝了阳光的亲吻。

夕阳逼近,金黄色的花瓣背面被阳光照得通体透亮,发出纯金般的光泽。像是无数面迎风招展的小黄旗,将那整片向日葵地的上空都辉映出一片升腾的金光。

它宁可迎着风,也不愿迎着阳光吗?

呵,这是一片背对着太阳的向日葵。

那众所周知的向阳花儿,莫非竟是一个弥天大谎吗?

究竟是天下的向日葵,根本从来就没有围着太阳旋转的习性,还是这天山脚下的向日葵,忽然改变了它的遗传基因,成为一个叛逆的例外?

或许是阳光的亮度和吸引力不够吗?可在阳光下你明明睁不开眼。

难道是土地贫瘠使得它心有余而力不足吗?可它们一棵棵都健壮如树。

也许是那些成熟的向日葵种子太沉重了,它的花盘,也即脑子里装了太多的东西,它们就不愿再盲从了吗?可它们似乎还年轻,新鲜活泼的花瓣一朵朵一片片抖擞着,正轻轻松松地翘首顾盼,那么欣欣向荣、快快活活的样子。它们背对着太阳的时候,仍是高傲地扬着脑袋,没有丝毫谄媚的谦卑。

那么,它们一定是一些从异域引进的特殊品种,被天山的雪水滋养,变成了向日葵种群中的异类。

可当你咀嚼那些并无异味的香喷喷的葵花子儿时,你还能区分它们吗?

于是你胡乱猜测:也许以往所见到的那些一株单立的向日葵,它需要竭力迎合日光,来驱赶孤独,权作它的伙伴或是信仰;那么若是一群向日葵呢?当它们形成了向日葵群体之时,便互相手拉着手,一齐勇敢地抬起头来了。

它们是一个不再低头的集体。当你再次凝视它们的时候,你发现那偌大一片向日葵林子的边边角角,竟然没有一株,哪怕是一株瘦弱或是低矮的向日葵,悄悄地迎着阳光凑在脸上。它们始终保持这样挺拔的站

姿，一直到明天太阳再度升起，一直到它们的帽檐纷纷干枯飘落，一直到最后被镰刀砍倒。

当它们的后脑勺终于沉重坠地，那是花盘里的种粒真正熟透的日子。

然而你却不得不也背对着它们，在夕阳里重新上路。

天山脚下那一大片背对着太阳的向日葵，就这样逆着光亮，在你的影册里留下了一株株直立而模糊的背影。

我要对你说

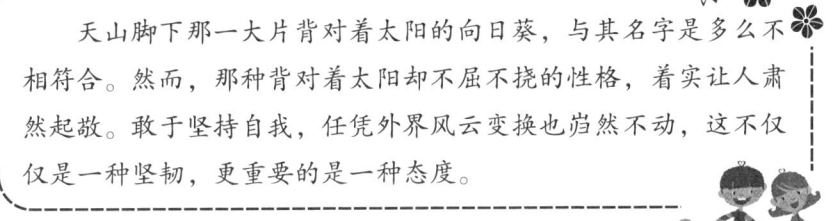

天山脚下那一大片背对着太阳的向日葵，与其名字是多么不相符合。然而，那种背对着太阳却不屈不挠的性格，着实让人肃然起敬。敢于坚持自我，任凭外界风云变换也岿然不动，这不仅仅是一种坚韧，更重要的是一种态度。

80岁以后才开始

雪小禅

第十四届金鸡奖闭幕,最佳女主角居然是84岁的金雅琴。半月之后的东京国际电影节,她再获殊荣,仍然是最佳女主角。记者采访她,她笑言自己,演了这个《我们俩》才终于知道怎么演戏,更迷恋电影,也许我真正的演员生涯80岁以后才开始。

坐在电视前的我笑了。老人是多么美妙的心态啊。周围的人总是说我老了,学这个太晚了学那个太晚了,招聘会上,35岁以上的人基本就是中老年系列了,甚至于我的朋友二十七八岁就开始说:"不行了不行了,学什么都记不住了,年龄太大了。"

金雅琴是个老演员,可说真话,我并没有看过她多少作品,在她得奖之前,我甚至不知道她叫金雅琴。

她演了一辈子戏,一直没演过什么主角,84岁,她成了主角,在《我们俩》中演了一个刁钻古怪的老太太。把房子租给了一个年轻的女孩子,她和女孩子由开始的敌视变成祖孙的亲情。我看了片子，非常动人，落了几次泪。

而金雅琴说，在拍戏时，她耳朵听不到，眼睛也看不清，导演什么时候让她演她也不知道，于是她想了个招，让导演举一面小红旗，红旗一落下就是应该演了，片子就这么一点点拍出来了，老人的敬业精神感动了所有人。当然也感动了镜头前的我。

我总觉得自己不再年轻，总觉得在单位应该享受什么待遇了，在80后的那帮女孩子面前倚老卖老，并且总嚷这疼那疼，和84岁的金雅琴比起来，我还是小孩子啊，简直是小毛孩子啊。

一个84岁的老人认为自己的人生才刚开始，那么，我的人生是不是随时可以重新开始？

夏天的时候，一直想报个班学芭蕾舞，因为少年时一直崇拜死了那跳芭蕾舞的女孩子，总想跳其中一个小天鹅。可是我看到芭蕾舞班里的学员，最大的只有15岁，我去了，简直是羊群里出了骆驼，还不让人笑死？买好的鞋也放到了箱子里。

但现在我想去了。

周日去报名，教芭蕾舞的女孩子问我："你要学？是你吧？"她大概没有见过30岁的女人还学什么芭蕾舞，我点点头说："是我，就是

我。"这次我没有羞愧没有脸红，我要学芭蕾舞。她们开始的不理解和嘲笑最后变成了敬佩，我一不为上台演出，二不为名不为利，只为自己心中的那份喜欢，有什么不可以？十多天之后，当我能站起来似一只小天鹅时，我幸福地笑了。

我愿意开始学自己想学的一切，因为我知道，人生，什么时候开始都不算晚。

我要对你说

人活一世，努力、奋斗没有绝对的早与晚的分别。人们总是守在自己的世界里遗憾、感叹，却从未想过迈出那决定性的一步才是成功的开始，古之圣贤"朝闻道夕死可矣"，我们又有什么资格抱怨？

Chapter 2 第二章

寻找自己喜欢的方向

油灯将残，就让它残吧，花之将萎，任它枯萎吧，残败枯萎只是一种游戏，灵魂却在不凋不残的大化时空里，穿梭旅行。

第二眼

王国华

一个调查者受命去查访该地区贫困的原因。在出发前,就有人告诉他,那儿的人特别好吃懒做,无所事事。这话给他留下了先入为主的印象。果然,他来到此地后,下车去田里暗访,看到一个农夫模样的人在割草,那人坐在深深的草丛里,割一会儿就喘一会儿气。调查者想,连割草都要坐着,这儿的人真是懒得无可救药了。于是他生气地往回走。就在他转身的一瞬间,眼睛不经意间又瞥了那人一下,发现那农夫原来根本就没有双腿!

调查者惊出一身汗,想,幸亏我看了第二眼,否则我就要冤枉了一个勤劳的残疾人啊!

叫我看,第二眼的意义就在于不为第一印象所迷惑,不急于下结论,凡事都需要经过认真思考。

朋友对我讲,他上班第三天就跟同事小张吵了一架,当时把他气坏了。回家后他想了许多对策去对付这个"难缠"的同事:"既然他对我怀有敌意,我就收拾他一顿!"

由于种种原因,他"收拾"小张的计划被一再推迟。然而就在这期间,他通过近一步的接触发现小张其实本质并不坏,并且还乐于助人,就是脾气有点儿急。随着时间的推移,他们工作上的合作越来越多,不知不觉地竟还成了好朋友。

幸好当时没有立即"采取行动",朋友至今还在庆幸。"第二眼"让他的生活中少了一堵墙,多了一条路。

我要对你说

时间往往能够证明一切,而第一眼看到的常常只是表象。当你心存恼怒或心生误解时,不要急着下定论,让心平静一点,用理智克制情感,然后静下心来再看第二眼,此时你所看到的也许是一幅截然不同的画面。

一株伟大的"植物"

张 渊

一个暴雨如注的夜晚，看着窗外无边的雨幕，闻听闪电中夹杂着雷声，我忽然想起了斯蒂芬·霍金，那个终身生活在轮椅上，用孱弱的躯体探索着宇宙、生命中最深奥课题的人。

到剑桥读研仅一年，霍金就被诊断出患了一种绝症。医生对他说，你的身体将会有越来越多的部分被病魔攻占，最终会瘫痪成一株"墙角的植物"，而且这种攻占过程只有短短的两年，两年后，你就会彻底枯萎衰亡。然而，霍金却将这种枯萎期推延了20倍。40年后，霍金的身体虽然已确如"植物"，可他的脑袋却依旧生机盎然、长青不衰。霍金的那种对宇宙奥秘无止境的探求，对生命意义孜孜不倦的思索，尤其是身体力行实践生命终极意义的信念和意志，使得他在长达40年的较量中，一次次奇迹般地将死神击退到墙角。

经过长期的研究，霍金指出，太阳系只是整个宇宙中的一个极小的成员，而太阳仅是一颗很普通、中等规模的"黄星"。这样的星系在宇宙中有几千亿个，每一个星系又包含几千亿颗恒星。至于我们赖以生存的地球，则更是小得可怜的一颗"蓝星"。他还举例说，地球就像是一个"气泡膜"，我们人类就如同生活在这个"气泡膜"的表层上。"希望别有人戳破这个气泡才好！"霍金微笑着对观众们"说"。

如果说地球这颗小星球在茫茫宇宙中真是个"气泡"的话，那么，生活在这个"气泡"上的人类又是何等渺小。霍金的譬喻让人真正地感悟到了"寄蜉蝣于天地，渺沧海之一粟"这句话的真切含义。气泡似的地球脆弱到经不起一块稍大点儿的天外陨石的撞击，血肉之躯的人类受不了一颗小沙粒拂进眼里的侵扰，而斯蒂芬·霍金更是这颗脆弱星球上脆弱群体中最弱最无力的一个——全身上下只有三根手指微微能动，只有大脑还没退化成"植物""化石"。可就是这三根萎弱的手指，却叩开了宇宙的神秘之门；就是这颗不甘接受残酷命运安排的脑袋，探究出了人生于天地间的价值所在。斯蒂芬·霍金，这个轮椅上的准植物人，达到了其他千千万万比之强健数百倍的同类所无法企及的生命深度。

面对广袤的宇宙、无垠的历史长河，古往今来的智者们无一不感到自身的渺小，生命的短促无奈，从而变得头脑冷静而清醒，感到自己创下的一点成果算不了什么，人生中的一点风雨坎坷更算不了什么。这些智者中有古代中国的苏轼，现代外国的爱因斯坦、培根，还有今天的霍

金。因为感到自身的渺小和生命的短促，他们不愿意被眼前的一点小成就、小坎坷羁绊住前进的脚步，而是将有限的时间和精力投入人类前景的开拓工程上去。真钦佩那些无知无畏者的勇气，居然敢以"巨星""天之骄子"等名号自居，终日吵嚷着，唯恐别人不知道自己是天上有、地下无的角色。

曾有一位睿智的作家将人喻为"会思想的芦苇"，霍金其人其行不啻是对这句话最好最形象的注解。不过，这株孱弱的"芦苇"，该是株多么伟大、多么顽强的"植物"啊！

我要对你说

植物总是渺小与脆弱的代名词，但历经风雨磨难之后仍然坚强挺立于天地之间的就是命运的强者。小草尚且如此，人类又何尝不是呢？面对生活的痛苦、艰难，难道我们竟不如那柔弱的纤草坚韧？

大海里的船

刘燕敏

英国劳埃德保险公司曾从拍卖市场买下一艘船,这艘船原属于荷兰福勒船舶公司,它于1894年下水,在大西洋上曾138次遭遇冰山,116次触礁,13次起火,207次被风暴扭断桅杆,然而它从没有沉没过。

劳埃德保险公司基于它不可思议的经历及在保费方面带来的可观收益,最后决定把它从荷兰买回来捐给国家。现在这艘外壳凹凸不平,船体微微变形的船就"停泊"在英国萨伦港的国家船舶博物馆里。

不过,使这艘船名扬天下的并非劳埃德公司,而是一名来此观光的律师。当时,他刚打输了一场官司,委托人也于不久前自杀了。尽管这不是他第一次辩护失败,也不是他遇到的第一例自杀事件,然而,每当他遇到这样的事情,他总是怀有一种负罪感。他不知该怎样安慰这些在生意场上遭受了不幸的人,这些人有的被骗,有的被罚,他们或血本无归,或倾家荡产,也有的因打输了官司,落得债务缠身。

当他在萨伦船舶博物馆看

到这艘船时，忽然有一种想法，为什么不让他们来参观这艘船呢？于是，他就把这艘船的历史抄下来，和这艘船的照片一起挂在他的律师事务所里，每当商界的委托人请他辩护，无论输赢，他都建议他们去看看这艘船。

据英国《泰晤士报》说，截止到1987年，已有1230万人次参观过这艘船，仅参观者的留言就有一百七十多本。我们大多数人没有去过英国，也不知道这些参观者在留言簿上写了些什么，但有一点我认为似乎是不能少的，那就是，在大海上航行的没有不带伤的船。

我要对你说

钻石经过打磨，在它的伤口上便呈现了晶莹剔透、璀璨光华；树木经过修剪，那心痛的痕迹换来的是日后的枝繁叶茂、大树参天。伤必定会带来痛，但痛过之后，是无坚不摧的力量，是势不可当的勇气。

悬念中的哲理

程应峰

在沿海城市旅游时，我听导游讲了这样一个故事：在一家海鲜馆里，一群旅游者正在吃晚餐。他们一面品尝菜肴，一面即兴谈天。鱼端上来了，大家七嘴八舌地讲起一些关于在鱼肚子里发现珍珠和其他宝物的趣闻逸事。

一位长者一直默默地听着他们闲聊，终于忍不住开口了："你们每个人所讲的故事都很精彩，现在我也讲一个吧。我年轻的时候，受雇于香港一家进口公司。像所有年轻人一样，我和一位漂亮的姑娘相爱了，很快我们就订了婚。就在我们要举行婚礼的前两个月，我突然被派到意大利经办一桩非常重要的生意，不得不离开我的心上人。"

老人顿了顿，接着说："由于出了些麻烦，我在意大利待的时间比预期长了许多。当繁杂的工作终于结束的时候，我便迫不及待地准备返家。起程之前，我买了一只昂贵的钻石戒指作为给未婚妻的结婚礼物。轮船开得太慢了，我闲极无聊地浏览着驾驶员带上船来的报纸消磨时光。忽然，我

在一份报纸上看到我的未婚妻和另一个男人结婚的启事。可想而知，当时我受到了怎样的打击。我愤怒地将我精心选购的钻石戒指向大海扔去。"

他沉默了一会儿，神情落寞地说："回到香港后，我再也没有找女朋友，一个人孤单度日，转眼几十年过去了。有一天，我来到一家海味馆，一个人闷闷不乐地进餐。一盘咸鱼端上来了，我用筷子胡乱夹了些塞进嘴里，嚼了几下，忽然喉咙被一个硬东西噎了一下。先生们，你们可能已经猜出来了，我吃着什么了。"

"当然是钻戒！"周围的人肯定地说。

"不！"老人凄凉地说，"我开始也这么认为，事后我才知道，是我一颗早就磨损得差不多的，已经摇摇欲坠的牙齿滑进了喉咙。"

这一次轮到大伙张大惊愕的嘴巴了。

明确的思维指向让人有了悬念，结局却拐了一个弯，背离了人们心中的愿望或者潜意识中的目标指向。其实，很多意想不到的结局正是生活中极易发生的平常事，而不是想象中的奇迹。

我要对你说

很多事情并不是一开始就会知道结局，不要让自己的想法过早地禁锢在别人设定的悬念中。让思维逃离固定的枷锁，我们才能在知道事情的结局时不大喜亦不大悲。

设置沟壑

李泽泉

一对农村夫妇40岁得子，因而宠爱有加，在蜜罐中长大的儿子养成了一意孤行的脾性，做事毛毛躁躁，连走路也走不好，时常跌进水田里，很是让望子成龙的父母焦心。

儿子7岁那年，顺理成章地上了小学。顽皮的他走路喜欢东张西望，不是弄湿了鞋子，就是弄脏了裤子，哭鼻子成了家常便饭。做母亲的整日跟在他后面洗，也无法让他衣着干净。

一天，孩子的父亲带一把铁锹去儿子上学必经的田埂上，在上面断断续续挖了几十道缺口，然后用棍棒搭成一座座小桥，只有小心走上去才能通过。那天放学，儿子走在田埂上，看面前一下子多出这么多的小桥，很是诧异。是走过去，还是停下来哭泣？四顾无人，哭也没有听众啊，最终他选择了走过去。当背着书包的他晃晃悠悠地通过小桥时，惊出了一身冷汗。他第一次没有哭鼻子。吃饭的时候，儿子跟爸爸讲起了今天走过一座座小桥的经历，一脸神气。父亲坐在一旁，夸他勇敢。以后，他上学的路上再也没有惹过麻烦。

妻子对丈夫的举措有些不解，丈夫解释道："平坦的道上，他左顾右盼，当然走不好路；坎坷的路途，他的双眼必须紧盯着路，因而走得平稳。"

如果不在孩子成长的路上设置一些障碍，一味地给他们提供顺境，让他们的想法不经过努力就能实现，等长大后，一旦遇到挫折，他们必然会经受不住打击，而产生种种意想不到的后果。

拖一把铁锹，在孩子前进的道路上设置沟壑，把平坦的大道变成窄道，让孩子勇敢地走上去，这样，他们才会专注于脚下的路，才不至于误入歧途。

我要对你说

人生不是平坦的大道，而是充满了沟沟壑壑。没有经历过考验、完全在顺境中成长的人就像是温室中的花朵，经不起一点风雨的吹打。

行胜于言

黄 鸿

星期六是公司的便装日。公司那群女孩子不仅衣着随意,就连言行举止都透着散漫不羁。乖巧一点的整理自己的资料档案,活跃一点的三三两两聚在一起说笑,更有甚者——那个今年才毕业的舞蹈专业的女生总是不知天高地厚地在办公室里蹦来跳去。身为公司的行政主管,管理公司内部纪律是我的职责之一。尽管我曾暗示批评过,还找过那女生单独谈话,但都收效不大。上星期六,业务经理朝我抱怨:"这些人越来越不像话了。"言下之意,我该整顿整顿星期六的工作作风了。

今天下午,搞完清洁后(星期六下午搞清洁是公司企业文化的要求),我坐在座位上看杂志,那个舞蹈专业毕业的女生又开始逛来逛去,和其他人东一句西一句地闲扯。我想起还有一份文件没输入电脑,还有半个小时下班,刚好来得及。于

是，我打开电脑，开始噼里啪啦地敲打键盘。刚才还嘻嘻哈哈的办公室仿佛添加了什么化学试剂，开始发生奇妙的变化。先是各人回到各人的座位，接着是她们之间的对话越来越少越来越短，最后整个办公室只剩下我敲打键盘的声音：她们有的翻开书，有的整理自己的资料档案，有的写东西……直到下班，一切都是那么井然有序。

为什么我以前批评暗示甚至个别谈话成效都不大，今天简单敲几下键盘就能发生如此奇妙的变化？莫非原因不在她们而在我自己？我开始思索自己今天下午的表现跟以往星期六下午的表现有何不同。此前，我本身就十分反感公司六天工作制，觉得星期六根本没什么正事要做，所以对她们的"放肆"也就睁一只眼闭一只眼。我自己也是整理一下东西或看看书而已，忙碌地使用电脑的情况极少。而今天我的电脑忽然忙碌起来，无形中向她们传递了"还有许多工作要做"的信息，她们自然明白自己可能也有许多工作没做。

看来，管理的真谛不在于说，而在于做。团队中的管理者，理当成为下属的表率。德高望重的领导，不仅因其德高，更在于其工作行为往往堪称典范，成为下属仿效的榜样。所以，当身为管理者的你为执行某项政策说到口干都不奏效的时候，不妨想一想"我该做些什么"。

我要对你说

行胜于言，榜样的力量是强大的，要想别人接纳自己的理念、服从自己的安排，作为管理者，与其苦口婆心甚至恼羞成怒地教育、指责，不如静下心来反省自己的所作所为，从自身找原因，做好表率，用行动代替语言去指挥工作，定能收到意想不到的效果。

向一只猫吐舌头

张小失

楼下那只白猫有点波斯血统，眼睛是天蓝色的，性情温和、冷静、从容。它喜欢蹲在楼道口的门槛下，我常常在下班回家时遇见它。那时，它蜷缩着，默默地瞅我一眼就偏过脸去。但是，如果我在与它对视的时候目光不移开，它也会一直瞅我，灰蓝色的眼球有点冷漠、深邃，但又有点悠闲，像是在思考很重要的问题，毛茸茸的身体微微散发着哲学气息。

我喜欢这只猫，我和它之间渐渐产生了默契，彼此是信任的。有一天，就在我们对视的时候，我忍不住向它吐出舌头，希望它能更在意我。果然，它的眼神激灵一下，很专注地盯着我。我非常高兴，笑眯眯地进了楼道，向四楼爬去。当时有一个中年汉子正好下楼，经过我身边时，出乎意料地向我点头微笑，令我茫然。这个人我遇见的次数多了，好像就住在五楼，以前我们从没打过招呼，今天为什么对我如此亲切呢？

是的，因为我对猫吐舌头后的笑容一直保持在脸上，让这位汉子产生了美好的误会。我的心情为之更加明朗，一直到进了家门，我的微笑都没有消失。

自那以后，我有一种结识这座楼全部住户的愿望——通过微笑。我曾

经对着镜子练习微笑，但效果不理想，因为这样的笑容比较做作，我自己都不满意——镜子里的那个家伙好像想求我办什么事似的。于是我又想到了猫——向它吐舌头的时候，我能发出真正的微笑，而且能在一分钟内保持在脸上不改变。

这个方法的确很棒。只要进楼前看见猫蹲在门檐下，我就有向它吐舌头的欲望，然后我就忍不住微笑了，这个微笑伴随我上楼的脚步，而且多次遇见陌生的邻居们，我就主动向他们点头，通常都能得到友善的回应。有一次，擦身而过的是个美女，我的微笑使她愣了片刻，而后她不仅向我点头微笑，还问候一句："下班了？"

在这件事的鼓舞下，我用了不足两个月的时间，终于结识了整座楼的住户。比如与我住对门一年多的那家人，是开饭店的，来自南京，户主姓李，他的儿子上小学五年级。还有那位美女，姓欧阳，她的办公室与我的单位仅隔一条街……

我觉得自己够聪明，因为我将原本封闭而冷漠的住宅楼变得有人情味了，而方法又是那么简单。比我更聪明的是那只懂哲学的猫，以及它瞅着我向它吐舌头时的眼神。

我要对你说

微笑并不困难，只需要将嘴角轻轻上扬。但少了真诚的微笑，味同嚼蜡。真诚的笑容会帮你打开一扇门，使你拥有一个美丽的世界。冷冷的目光则会让你错失与美丽邂逅的机会。

流泪是因为真诚

童道明

读到一篇回忆高尔基的文章,作者记述了他四次见到高尔基流泪的情景。

一次是得到了契诃夫去世的消息之后。那天还有人放烟火,高尔基出来劝阻他们说:"别放了,契诃夫去世了。"声音颤抖,近乎哀求。

一次是在放电影的时候。银幕上一个小孩在铁轨上睡着了,一列火车正隆隆地驶来,一只小狗冒死迎着火车跑去营救。高尔基为这只忠勇的小狗流泪。

一次在斯莫尔尼宫的群众集会上。大会结束,全体起立高唱《国际歌》,高尔基热泪盈眶。

一次在彼得格勒火车站。高尔基准备坐火车出国，站长说火车司机和司炉工想见他，高尔基欣然同意："那太荣幸了，那太荣幸了！"他握着火车司机那粗糙的手，哭了。流泪是因为真诚。我喜欢流泪的高尔基。

陀思妥耶夫斯基的小说《白痴》第四部第七章，写到梅什金公爵参加一个上流社会的聚会不慎碰倒了一只漂亮的中国花瓶之后，显贵们都瞧着他笑，而且笑声越来越大，唯有在笑声包围中的梅什金公爵热泪盈眶。

就在这一章里，这个流泪的公爵对那些曾经放声大笑的贵族说了这样的话："我不明白，怎么能走过树木却不因看到它而感到幸福？怎么能跟人说话却不因有他而感到幸福？哦，我只是不善于表达出来……美好的事物比比皆是，甚至最辨认不清的人也能发现它们是美好的！请看看孩子，请看看天上的彩霞，请看看青草长得多好，请看看望着您和爱着您的眼睛……"

流泪是因为纯真。我喜欢流泪的梅什金公爵。

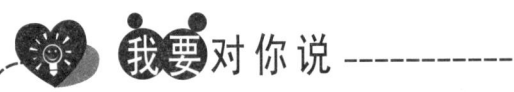

我要对你说

流泪是因为自己感动，感动是因为对方的真诚。美好就在你我身边，让我们用真诚的心去感受吧！感受朝霞映红天边的绝美，感受春雨滋润万物的无声，感受生命中每一次日升日落的美好……

苹　果

陈心怡

小时候，家里有一个铁皮盒子，里面装着各种小零食和水果。一放学回家，我便溜去打开盒子。妈妈笑言那是我这只小老鼠的最爱。

我喜欢苹果。妈妈便常在盒子里装满了苹果，一打开，便是满屋子的清香。

有一次，盒子里吃得只剩下一个苹果了，于是我告诉了妈妈。妈妈笑着说："没关系，妈妈会变魔术。把这一个苹果留着，没几天又会长出满满一盒子来。"我信以为真。

果然，到了第三天，当我满怀期待地打开盒子的时候，里面真的"长出"满满的苹果！

自那以后，我养成了一个习惯，每次水果快吃完的时候，我都要认真地留下最后一个。

年复一年，我渐渐长大。我也终于明白，盒子里是不会长出苹果的，但是，我依然会认真地留下最后一个——或许只是为了

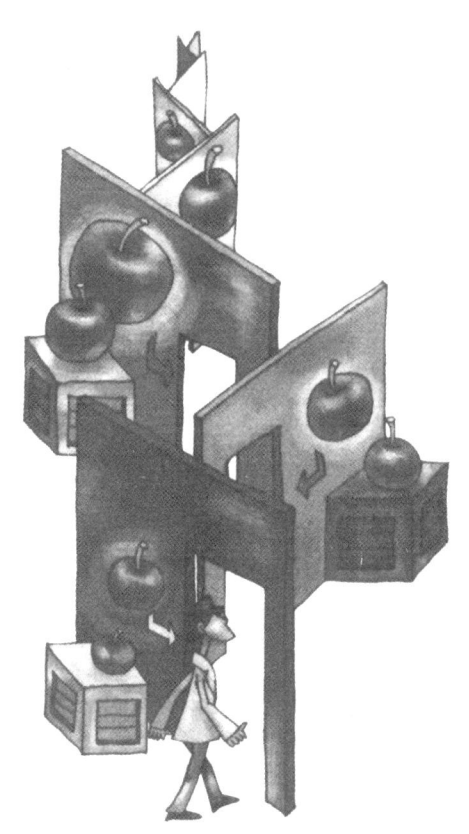

一份单纯的愿望。

  一个人住,每天的工作就像打仗。又到年关,更是经常铺天盖地地加班加点,连饭也难得在家里好好做,更没有时间懒懒地啃个苹果、翻几本休闲杂志了。

  母亲过来帮我收拾屋子,从冰箱角落里找出了几个"奄奄一息"的苹果。那是半个多月前到超市买的,那时个个都是光鲜饱满。现在,它们似乎一下子从风华正茂跳跃到老态龙钟。表皮干干的、皱皱的,像老奶奶脸上的皱纹;用力一捏,还有些软。

  "把它们都扔了吧,都是苹果'老太太'了。"我瞥了一眼母亲手里的苹果。

  母亲没有说什么,只是微微笑了一下。"别急着扔。你知道一个苹果能存活多久吗?"

  "即使是冬天,最多也就三四个星期吧,再久估计要烂掉了。"我小声咕哝着。

  母亲笑着摇摇头,小心翼翼地将苹果削了皮。

  去了皮的苹果,虽然还是有些皱巴巴,颜色也偏黄,但仍旧是一尘不染的。母亲切下一片放到我的嘴里,虽然不够脆,但那份清甜,却有过之而无不及。

  "原来苹果还活着。"我打趣道。

  苹果的表皮慢慢由白变黄,呈现出疏松的纹理,看起来它似乎又老了10岁。"这么丑,看了就知道没味道。"我有些不屑。

  母亲依旧不说话,沿着苹果的弧度又小心地削了一圈。马上,苹果又呈现出一片白色,只是不及先前的亮丽。母亲削了一片放到我嘴里,令我惊讶的是,这块的清甜也毫不逊色。

  苹果于我,原来远不是水果那么简单。会"长"苹果的盒子,那是童年时妈妈善意的谎言,为的是让我对生活总是充满希望:"别担心,我还有一个苹果,我并不是一无所有。总有一天,它会带来更多的苹果。"能复活的苹果,那是长大后妈妈的循循善诱。或许我们不知道一

个苹果到底可以活多久，但那使我明白，人不能光看外表。好似在皮皱之时就被抛弃的苹果，人们永远都不会知道它的价值所在。只有坚实的内在，才能散发出永恒的魅力。

我要对你说

生命永远都是那么光鲜，它不会因岁月的流逝而变质，不会因人的成败得失而停滞。因此，人不能任梦想流失，任时间虚度，不能殚精竭虑地追求华而不实的功名富贵，而应努力提高自身素质，加强自身的能力，这样才能感受到生命的无限魅力。

一杯牛奶

吕 航

一天，一个贫穷的小男孩为了攒够学费正挨家挨户地推销商品，劳累了一整天的他此时感到十分饥饿，但摸遍全身，却只有一角钱。怎么办呢？他决定向下一户人家讨口饭吃。当一位美丽的年轻女子打开房门的时候，这个小男孩却有点不知所措了，他没有要饭，只乞求给他一口水喝。这位女子看到他很饥饿的样子，就拿了一大杯牛奶给他。男孩慢慢地喝完牛奶，问道："我应该付多少钱？"年轻女子回答道："一分钱也不用付。妈妈教导我们，施以爱心，不图回报。"男孩说："那么，就请接受我由衷的感谢吧！"说完，男孩离开了这户人家。此时，他不仅感到自己浑身是劲儿，而且还看到上帝正朝他点头微笑，那种男子汉的豪气像山洪一样从他心中迸发出来。

其实，男孩本来是打算退学的。数年之后，那位年轻女子得了一种罕见的重病，当地的医生对此束手无策。最后，她被转到了大城市医治，由专家会诊治疗。当年的那个小男孩如今已是大名鼎鼎的霍华德·凯利医生了，他也参与了医治方案的制订。当看到病历上所写的病人的来历时，一个奇怪的念头霎时闪过他的脑际。他马上起身直奔病房。

来到病房，凯利医生一眼就认出床上躺着的病人就是那位曾帮助过他的恩人。他回到自己的办公室，决心一定要竭尽所能来治好恩人的病。从那天起，他就特别地关照这个病人。经过艰辛努力，手术成功了。凯利医生要求把医药费通知单送到他那里，在通知单的旁边，他签了字。

当医药费通知单送到这位特殊的病人手中时，她不敢看，因为她确信，治病的费用将会花去她的全部家当。最后，她还是鼓起勇气，翻开医药费通知单，旁边的那行小字引起了她的注意，她不禁轻声读了出来：

"医药费——一满杯牛奶。霍华德·凯利医生。"

我要对你说

一杯牛奶，给了贫穷的小男孩面对生活的勇气和信心。岁月流转，当年的爱心之花也结出了累累硕果，故事有了一个如童话般完美的结局，也让我们对人生充满美好的向往。

寻找自己喜欢的方向

孙 逊

从小到大，我一直在寻找着自己喜欢的方向，寻找适合自己的那条道路。

我的第一个梦想是做一名伟大的科学家。在 27 岁之前，我狂热地痴迷于自然科学的研究，并深信自己会成为继某大科学家之后的又一位集大成者。最好的青春在 21 岁到 27 岁之间，被我完全献给了神圣的激光物理学。最终，天分、努力程度、机遇、科研环境等诸多因素综合的结果，使我错失了为人类的自然科学作出贡献的机会。那可是 10 年基础教育加四年高等教育，再加上两千多个不眠夜晚的努力之后得到的最最真切的实验结果啊！研究表明，如果一个人在 27 岁（通常是博士毕业的那一年）还未对自然科学作出过突出贡献，那么他这一生就很难作出什么能够称得上贡献的东西了！牛顿在 27 岁时已经在思考万有引力定律，爱因斯坦在 26 岁时就发现了光电效应，并创立了狭义相对论……而我呢？在 27 岁那一年除了获得了一张所谓的工学博士文凭之外，一无所获！结果无情地嘲弄了初衷！

当你经过漫长的积累和钻研，付出了全力，终于站到一个相对客观的层面上去放眼世界，仰望着人类群体文明的高度发展和精英智慧的璀璨成果，对自己作出客观评价的那一刻，你会感觉自己是如此的渺小、孱弱乃至虚无。信心随着清醒消失殆尽！瞬间的痛楚让我惊觉，在科学研究上我是一个失败者！答辩结束，我走出实验室的那一刹那，就知道再也回不去了，因为事实证明了我不适合。那一年我 27 岁，除了激光物理学科的科研我什么都不会，而一旦离开了实验室，我就什么都不是。于是我在心里一直盘算今后能做什么、该做什么、适合做什么、想做什么。

爱因斯坦在对自己的人生作出审视后，断然放弃了毕生追随莫扎特专攻小提琴的想法。他之所以伟大，是因为他很早就知道了自己最想做什么，最适合做什么，最擅长做什么，并且做了一生！如果最想做的事是最适合做的事，那该多么幸运啊！

走出学校的第一份工作是销售，我并没有从一个又一个的销售合同

中找到过自己，找到过喜悦和成功的感觉。相反，钱始终没能让我真正地兴奋起来，日子总是空空的。终于，在那个深秋难眠的夜晚，凌晨三点半，我的脑子里竟然鬼使神差地出现了一段旋律，挥之不去，于是我起身用笔记下了这段旋律。谁知这段旋律竟然奏响了我崭新生活的乐章！

至此，我开始了人生的第二个梦想——音乐创作！幸运的是，在第一个梦想破灭到第二个梦想产生之间，我并没有迷失太久，生活也随着音乐梦想的出现很快又变得充满生机、希望和无穷的想象！

我要对你说

　　人生是一个巨大的舞台，每天都上演着一幕幕精彩纷呈的戏剧。我们只有找到自己喜欢并且合适的角色，才能演绎出真实的自我，取得巨大的成功。用心生活，寻找你真正想要的，让青春在阳光下奏出生命的最强音。

半截铅笔

叶 丹

我毕业于2003年7月,当时,市里刚好举行国家公务员考试,我去了。第一场考试刷下了一半的人,但我很幸运地过了关。接下来的那场考试还是笔试,考的是"专业知识和公共道德"。

进入考场没多久,监考老师突然大声说道:"各位同志,你们有谁多带了2B铅笔吗?请借一支给这个同志用一下。"我抬头看了一下,那是一个中年人,两鬓已经微白,皮肤黝黑粗糙,正在焦急地环顾着整个考场,盼望着哪位好心人伸一下援手,但是没有一个人搭话。监考老师第二次询问:"各位,发扬一下爱心,借支铅笔给这位同志吧!"沉默的教室里,寂静无声。监考老师第三遍询问过后,我急了,虽然我只带了一支铅笔,但我实在受不了中年人那种渴望的目光在我身上掠过的感觉,于是我举起了手,然后用力折断那支唯一的铅笔,把半截递给了中年人。

考试结束后,我在楼道碰到一位同样来参加考试的同学,相互询问考得怎样,都回答说题目挺简单,考得挺好的。其间,我提到刚才考场里那个中年人借铅笔的事,谁知那同学

竟然瞪大了眼睛说,他们那个考场也有个借铅笔的,但没人借给他。

到了公布面试人员名单时,一千多人竟然又刷下来九百多个,只剩下四十多人。这份面试名单中,有我,但没有我的那个同学。主持面试的考官让我大吃一惊,竟然就是考场上向我借铅笔的那个中年人,而他正微笑地看着我,亲切地对我说:"小姑娘,还记得那半截铅笔吗?"

原来,那些借铅笔的人就是市招录办的工作人员;而第二场考试真正考的不是专业知识,而是一个国家公务员必须具备的奉献精神和博爱精神,一种真正的公共道德。在2004年春天,我正式成为了一名国家公务员。

我要对你说

博爱和道德不只是用来宣扬的,它们存在的真正意义是让人们用实际行动来实现它们的价值,同时体现做人的价值。只要我们从身边的事做起,把一些善举和关怀放在心里、放在手上,那么你会发现世界将变得美好而动人。

抛掉金子始得"金"

义 之

两个墨西哥人沿着密西西比河淘金,他们从下游一路上行,在一个河汊分了手,因为一个认为去阿肯色河可以淘到更多的金子,一个认为去俄亥俄河发财的机会更大。这两条河都是密西西比河的支流,一条在东,一条在西。

10年后,到俄亥俄河的人果然发了财,他在那儿不仅找到了大量的金沙,而且建了码头,修了公路,还使他落脚的地方成了一个大城镇。现在俄亥俄河岸边的匹兹堡市商业繁荣、工业发达,无不起因于他的拓荒和早期开发。

进入阿肯色河的人似乎没有那么幸运,自分手后就没了音信。有的说他已葬身鱼腹,有的说他已回墨西哥。直到50年后,一个重2.7公斤的自然金块在匹兹堡引起轰动,人们才知道他的一些情况。当时,匹兹堡《新闻周刊》的一位记者曾对这块金子进行过追踪,他写道:这颗全美最大的自然金块来自阿肯色,是一位年轻人在他屋后的鱼塘里捡到的,从他祖父留下的日记看,这块金子是他祖父扔进去的。

随后,《新闻周刊》刊登了那位祖父的日记,其中一篇是这样的:昨天,在

溪水里又发现一块金子，比去年淘到的那块更大。进城卖掉它吗？那就会有成百上千的人涌向这儿，我和妻子亲手用一根根圆木搭建的棚屋，我们挥洒汗水开垦的菜园和屋后的池塘，还有傍晚的火堆、忠诚的猎狗、美味的炖肉、山雀、树木、天空、草原、大自然赠给我们的珍贵的静谧和自由都将不复存在。我宁愿看到它被扔进鱼塘时荡起的水花，也不愿眼睁睁地望着这一切从我眼前消失。

18世纪60年代正是美国开始创造百万富翁的年代，每个人都在疯狂地追求金钱和财富。可是，这位淘金者却把淘到的金子扔掉了，有很多人认为这是天方夜谭，据说，直到今天还有人怀疑它的真实性。可是我始终认为它是真的，因为在我的心目中，这位抛掉金子的人，是一个在生活中淘到宝贵真金的人。

我要对你说

丢掉千辛万苦淘到的金子，在别人看来或许是可笑的行为，但对于文中的"祖父"来说，他丢掉的却是对金钱和财富疯狂追求的病态，他获得了比金子还宝贵的财富，那就是和平、宁静、安详的生活。

钓鱼的秘密

李 楠

罗杰走下码头,看见一些人在钓鱼。出于好奇,他走近去看当地有什么鱼,好家伙,他看到的是满满一桶鱼。

那只桶是一位老头儿的,他面无表情地从水中拉起线,摘下鱼,丢到桶里,又把钩抛回水里。他的动作更像一个工厂里的工人,而不像是一个垂钓者在揣摩钓钩周围是否有鱼。无疑他知道鱼会来的。

罗杰发现,不远的地方还有7个人在钓鱼,每当老头儿从水中钓上一条鱼,他们就大声抱怨一阵,抱怨自己仍然举着一根空竿。

这样持续了半小时。老头儿猛地拉线、收线,7个人嘟嘟囔囔地看他摘鱼,又把钩抛回去。这段时间其他人没有一个钓上过鱼,尽管他们就在距老头几十几米远的地方。真是太有意思了!

这是怎么回事儿？罗杰走近一步想看个究竟。原来那些人都在甩锚钩儿（甩锚钩儿是指人们用一套带坠儿的钩儿沉到水里猛地拉起，希望凑巧挂住一群游过来的小鱼当中的某一条）。这7个人都拼命地在栈桥下面挥舞着胳臂，试图钓起一群群游过的小鱼中的某条鱼。而那位老头儿只是把钩沉下去，等一会儿，感到线往下一拖，然后猛拉线，当然，他能钓上鱼来。老头儿收获了鱼，而他百发百中的秘密在于：只在钩子上方用一点诱饵而已！他一把钩放下去，鱼就开始咬饵食，他感觉线在动，就把鱼钩从水中一拉，便钓上来一条鱼！

真正使罗杰吃惊的不是那位老头儿简单的智慧，而是这样的事实：那一群嘟嘟囔囔的人很清楚地看到老头在干什么，他是怎样使用最简单的方法获得超级效果的，但他们却不愿学习，因此，他们没有收获。

我要对你说

每个人都渴望获得成功，殊不知，盲目地找寻只会使人心力交瘁，一无所获。只有明确方向，采取正确的行动，勇敢地迈出那关键的一步，才能到达成功的目的地。

建造自己的房子

鲁先圣

当我们在为一个企业、组织或者国家做事的时候,我们是否会像在为自己做事一样尽心尽力呢?

有一个有趣的故事是这样的:一个上了年纪的木匠准备退休了。雇主很感谢他为自己服务多年,问他能不能再建最后一栋房子。木匠答应了。可是,木匠的心思已经不在干活上了,他干活马马虎虎,偷工减料,用劣质的材料随随便便地把房子盖好了。完工以后,雇主拍拍木匠的肩膀,诚恳地说:"房子归你了,这是我送给你的礼物。"

木匠惊呆了。如果他知道他是在为自己建房子,他一定会用最优质的建材、最高明的技术,然而现在呢,房子却建成了"豆腐渣工程"!可是一切都已经来不及了。

我们每个人都可能是这个木匠。每天,我们砌一块砖,钉一块木板,垒一面墙,最后我们发现,我们居然不得不居

住在自己建成的房子里。可是，到那时，一切都已经注定，已经无法回头了。这就是人生，充满了遗憾和嘲弄。

再也没有比"我只是为别人在工作"这种观念更伤害我们自己的了。人生中最重要的事，就是及早认识到，我们是自己命运的播种者。我们今天所做的一切，都会在将来深深地影响到自己的命运。种瓜得瓜，种豆得豆，几分耕耘，就有几分收获。

认识到我们是在为自己工作，就意味着自我负责和自我激励。一个人只有自己对自己负责，自己激励自己进步，才能掌握自己的命运。这是最根本的问题。如果我们甚至不愿意对自己负责任，不愿意自己督促自己进步，那将不会再有力量使我们在这个社会上站稳脚跟了。有些人得过且过，做一天和尚撞一天钟，整天混日子；他们的心思没有放在工作上，只有在老板面前才会装装样子；有些人看上去忙忙碌碌，可是并不是真正的用心，只是用这种忙碌的假相欺骗自己；有些人见了责任就躲，不肯多做一点事；有些人无法面对挑战，自己给自己设限，认为自己这也做不了，那也做不了，稍微有些难度的工作自己就先打退堂鼓了。

没有付出，当然不会有回报，即使你的环境、你的工作、你的老

板、你的同事有再多不令人满意的地方，你也应该知道，你的所作所为，是为了你自己，而不是为了他们。这是我们自己的工作，我们自己的人生，一切的恶习，最后受伤害的人只能是我们自己。你能伤害到别人吗？不能！你不努力，你的老板可能受损失，但是你失去的更多！你失去了一个充实美好的人生。

不论我们处于何种境地，事实上我们都是在为自己工作，我们时刻都在建造自己的房子。如果明白了这一点。命运也就掌握在了自己手中。

我要对你说

做人应该脚踏实地，只有给自己打好坚实的基础，才能学到真正的本领和技能，才能更稳定地向前发展，才能给自己建造一座坚实漂亮的房子。

主宰自己的命运

公孙欠谀

家乡最常见的粮食就是土豆，最常见的菜也是土豆，家乡那些地里也就只能产土豆。

土豆是从小吃土豆长大的，所以他爹就给他取名叫土豆。土豆是村里唯一的高中生，毕业那年考上了大学，他家里没有钱，土豆就把录取通知书往怀里一揣，到广东打工去了。

他的工作是扛电线杆，在新开发的大街两旁，几个人一起把汽车运来的电线杆卸下，每隔20米放下一根，再由其他人来挖坑立起。干这份工作每天赚20块钱，管吃管住；住的虽然是工棚，但能遮风挡雨，总比露宿街头要好；吃的虽然差些，但管饱，最主要的是每顿都有他爱吃的土豆。

土豆的吃法很多，但工地上的人只会做一种，永远是"民工土豆"。所谓"民工土豆"，就是把土豆切成片，用油炒水焖，有时放点葱段，有时放点酸菜，有时放点青椒。因为这种做法只有工地的民工常吃，就有人给它取名叫"民工土豆"。虽然"民工土豆"也很好吃，但常吃也会让人反感。有一天吃饭时，土豆说："这'民工土豆'什么时候也该换换了，咱们也来吃点'贵族土豆'。"旁边的人都笑他说："能吃饱已经不错了，还想什么贵族！"土豆不服气地说："等我做给你们吃，同样的土豆，我做的就一定好吃！"

这话刚好被路过的工地老板听到了，他停下脚步看着土豆问："此话当真？"

"当真！"土豆回答。

老板说："好，今天你就去厨房，让大家吃你的'贵族土豆'。"民工们一阵哄笑，说吹牛的遇上了较真的了。

一言既出，驷马难追，土豆立即就去了厨房。下午，民工们就吃上了凉拌土豆丝和南瓜焖土豆，还有土豆泥汤。土豆也因此一直留在了厨房。

一天，老板把土豆叫去要给他加薪，土豆说："薪也不必加了，我已经存了几千块钱，准备回家参加今年的高考，我想上大学。今后的学费，可以靠勤工俭学来解决。"

老板说："我知道你的价值不只是当一个民工，也不只是在厨房做土豆。"

土豆说："一个土豆如果在街边烤着卖，最多能卖5毛钱；如果拿到肯德基、麦当劳炸成薯条，最少要卖10块钱。如何体现不同的价值，不在土豆本身，而在挑选土豆的人。"老板听了眯着眼睛一笑，然后说："你不是有张大学的录取通知书吗？拿出来我瞧瞧。"土豆从包里取出通知书递过去，老板看了看说："好的，你今年就回去参加高考吧，要是考上了由公司供你读书，毕业后回公司工作，怎么样？我们可以签份协议。"

四年后，土豆大学毕业回来，担任了老板的助理。一天他对老板说："我们家乡有

很多土豆，公司可以去开发相应的食品加工，我已经做好了市场调查。"

"你想把肯德基、麦当劳弄到那里去做炸薯条吗？"老板问。

"不一定要炸薯条，但一个土豆一定要卖10块钱。"土豆坚定地说。

老板看着土豆，慢慢地说："早在几年前，我就看出来了，你的'贵族土豆'永远是卖不完的，给我拿份书面的论证出来。"

"是！"土豆坚定地说。

我要对你说

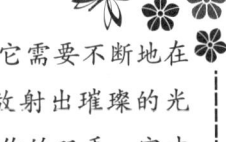

命运不是上天赐给你的，而是自己打造的。它需要不断地在生命的烈火中煅烧，不断在理智中冷却，才能放射出璀璨的光芒。所以，不要迷信命运，不要放任自流，相信你的双手，它才能为你创造美好的明天。

真心无价

朵 拉

孔子有一天来到郊外,看见有个妇人在伤心地哭泣,就叫弟子去询问原因。

弟子来到妇人面前,问道:"我的老师孔夫子问你为什么哭得如此悲痛呢?"

妇人回答:"我刚刚割草的时候,把丈夫送给我的那支用蓍草编的簪子弄丢了,怎么找都找不到,所以很难过。"

弟子不明白:"不过是一根蓍草编的簪子,太普通了,也不值钱,你用得着那么悲伤吗?"妇人说:"那是亡夫送给我的定情之物,不是普通的簪子呀,所以我才会那样悲痛。"

孔子听过以后,对弟子们说:"真心真情,哪怕是一根草做的簪子,也比金和玉的簪子更有价值。"

礼物的价值不在于金钱的多寡,让人感动的是送礼人的真心情意。

曾经有个朋友收到过很贵重的生日礼物——一间双层独立式洋楼。许多认识的朋友听说了都羡慕她。可惜送她礼物的人仅过两年就不在她身边了,对他眷恋不舍的她黯然流

泪问："是不是可以用这间房子交换他的心？"

人心的价值又是多少呢？如果他的心是可以用物质来交换的，她还想要拥有吗？

在一个黄昏，几个朋友在喝茶，M突然站起来，说是要赶着回去，大家纷纷开口挽留他："再坐一会儿嘛。""么久才见一次，这样紧张要回去干吗？""好不容易老同学都有时间，你别急着走。"

"不行。"M摇头，"我答应太太每天黄昏陪她散步。"

"一天不散步也没关系呀！"

"是嘛，散步有那样重要吗？"

M笑笑，坚决地说："不可以，早就说好了，这是我今年送给她的生日礼物。"

真没想到"每天一同去散步"也可以成为一份礼物。时常为生意而忙碌不堪的M，能够坚持天天挤出一段时间来陪太太散步，对他太太来说，这真是一份温馨可贵、意义深重的礼物。

年轻时候比较浅薄，认定凡是节日，非要送礼。在岁月的长河中不断淘洗后，终于明白真正有情，在乎一心。丰沛深长的情意，是任何礼物都不能替代的。

我要对你说

一根草编的簪子，一段散步的时光，看似平常，而其中蕴藏的深情厚意又怎能用金钱来衡量呢？对于我们来说，真挚的感情才是无价之宝，因为它能长久地留存在我们内心的深处。

一个贫穷的小提琴手

凡 华

在繁华的纽约，曾经发生过这样一件震撼人心的事情。

星期五的傍晚，一个贫穷的年轻艺人仍然像往常一样站在地铁站的入口，专心致志地拉着他的小提琴。琴声优美动听，虽然人们都急急忙忙地赶着回家过周末，还是有很多人情不自禁地放慢了脚步，时不时会有一些人在年轻艺人面前的礼帽里放一些钱。

第二天黄昏，年轻的艺人又像往常一样准时来到地铁站入口，把他的礼帽摘下来很优雅地放在地上。和以往不同的是，他还从包里拿出一张大纸，然后很认真地铺在地上，四周还用自备的小石块压上。做完这

一切以后，他调试好小提琴，又开始了演奏，声音似乎比以前更动听、更悠扬。

不久，年轻的小提琴手周围站满了人，人们都被铺在地上的那张大纸上的字吸引了，有的人还踮起脚尖看。上面写着："昨天傍晚，有一位叫乔治·桑的先生错将一份很重要的东西放在了我的礼帽里，请您速来认领。"

人们看了之后议论纷纷，都想知道是一份什么样的东西，有的人甚至等在一边想看个究竟。过了半小时左右，一位中年男人急急忙忙跑过来，拨开人群冲到小提琴手面前，抓住他的肩膀语无伦次地说："啊！是您呀，您真的来了，我就知道您是个诚实的人，您一定会回来的。"

年轻的小提琴手冷静地问："您是乔治·桑先生吗？"

那人连忙点头。小提琴手又问："您遗落了什么东西吗？"

那个先生说："奖票，奖票。"

于是小提琴手从怀里掏出一张奖票，上面还醒目地写着乔治·桑，小提琴手举着彩票问："是这个吗？"

乔治·桑迅速地点点头，抢过奖票吻了一下，然后又抱着小提琴手在地上疯狂地转了两圈。

原来事情是这样的：乔治·桑是一家公司的小职员，他前些日子买了一张一家银行发行的奖票，昨天上午开奖，他中了50万美元的奖金。昨天下午，他心情很好，觉得音乐也特别美妙，于是就从钱包里掏出50美元，放在了礼帽里，可是不小心把奖票也扔了进去。小提琴手是一名艺术院校的学生，本来打算去维也纳进修，已经订好了机票，时间就在今天上午，可是他昨天整理东西时发现了这张价值50万美元的奖票，想到失主会来找，于是今天就退掉了机票，又准时来到了这里。

后来，有人问小提琴手："你当时那么需要一笔学费，为了赚够这笔学费，你不得不每天到地铁站拉小提琴，那你为什么不把那50万美元的奖票留下呢？"

小提琴手说："虽然我没钱，但我活得很快乐；假如我没了诚信，我一天也不会快乐。"

我要对你说

真诚的心像金子一般闪闪发光，不仅可贵，而且能感动别人，更能为自己带来快乐。一个拥有了诚信之心的人，就像生活在天堂一般，永远在天籁般的仙乐中轻盈地舞蹈……

灯芯将残

刘洪顺

有一位医术高明的医师,不但热心救人,并且收费低廉,远近的居民都喜欢找他医病。

一天,来了一位半身不遂的白发老翁,坐在轮椅上,由儿子推着走。

"无论如何,拜托你救救我父亲……"四十多岁的大男人,哭得像婴儿一般,"看了好几位医师都没有起色,我只想让他多活几年。千万拜托,大夫。"

医师仔细量脉搏、血压,作了心肺检查后,开了一张药单,并特地叮咛:"回家以前,不妨上三楼佛堂坐坐。"

男人听了一头雾水,只当医师是在安抚病患情绪,没放在心上。

匆匆地过了两个月,男人又推着老父来看诊。仔细检查、开药方后,医师再度嘱咐他陪父亲去三楼佛堂坐坐。

但男人依旧没在意,拿了药便推父亲走,心想这个医师还挺鸡婆的。

直到第三次看诊,开完药方后,医师拦住他,按下电梯一同前往三楼佛堂。

三人默默浏览素雅的茶几、盆栽和书架上的善书佛经。8坪大的空间里,除了清水和两碟笑香兰之外,橙黄的酥油在供桌上无烟焚烧，沉睡在火焰的梦里……

"我请你们上来坐的原因，是看看油灯里的灯芯……"医师指着前方说，"每一盏油灯都需要灯芯，有最好的油却没灯芯，还是无法燃烧。每当油快要烧光，灯芯剩下一小截时，我就会想：再添些油到容器里，应该可以延长灯芯的寿命吧，于是我真的这么做了，结果你们猜怎样？"

望着满脸疑惑的父子二人，他缓缓说道："我总是贪心地倒进太多的油，结果不是火焰变得极微弱，就是灯芯根本烧不起来。试过好几次以后，我才明白：要让灯芯发出最自然的光芒，只有一个方法，就是在容器内注满油，让灯芯一路毙完，油尽灯枯，再重新添入新油、换上新灯芯，这才是点灯的正确方法。"

男人恍然大悟，默默点头，含泪推着轮椅上的老父离去。

容器是命运，油仿佛是我们身处的世界，而灯芯就像是肉体躯壳一样。

一个生命终止，另一个新生命诞生；有死才有生，生生不息。

油灯将残，就让它残吧，花之将萎，任它枯萎吧，残败枯萎只是一种游戏，灵魂却在不凋不残的大化时空里，穿梭旅行。

我要对你说

"生如夏花之绚烂，死如秋叶之静美"，死生在所难免，生命不会因为你的留恋而永恒。所以，不要为生命的新陈代谢而困惑，把握今天，努力证明自己存在的价值，这样在生命的尽头，你才能安然快乐，无怨无悔。

钻石就在你身边

程 巍

在印度，流传着这样一个神秘而动人的故事。

有一天，一位老僧拜访生活殷实的农夫阿利·哈费特，并对他说道："倘若您能得到拇指大的钻石，就能买下附近全部的土地；倘若您能得到钻石矿，借富有的威力，甚至还能够让自己的儿子坐上王位。"

钻石的价值从此深深地印在了阿利·哈费特的心里。自此，他对什么都不感到满足了。

有一天晚上，他彻夜未眠。第二天一早，他便叫起那位僧侣，请他指教在哪里能够找到钻石。僧侣想打消他的念头，但无奈阿利·哈费特听不进去，仍执迷不悟，死皮赖脸地缠着他。最后，僧侣只好告诉他："你去很高很高的山里寻找含有白沙的河。倘若能够找到，那白沙里一定埋着钻石。"

于是，阿利·哈费特变卖了自己所有的财产，让家人寄居在街坊家里，最后，自己出门去寻找钻石。但他走啊走，始终没有找到要找的宝藏。最后，他终于绝望了，便在西班牙尽头的大海边投海自尽了。

可是，这故事并没有结束，可以说还只是刚刚开始。

有一天，买下阿利·哈费特的房子的人，把骆驼牵进后院，想让骆驼喝水。后院里有条小河，当骆驼把鼻子凑到河里时，他却发现河沙中有块发着奇光的东西，他立即挖出那块闪闪发光的

石头，把那块奇怪的石头带回家，放在炉架上。

不久，那位老僧又来拜访这户人家。老僧走进门就发现炉架上那块闪着光的石头，不由奔跑上前。

"这是钻石！"他惊奇地嚷道，"阿利·哈费特回来了！"

"不！阿利·哈费特还没有回来，这块石头是在后面小河里发现的。"向阿利·哈费特买房的人这样答道。

"不！您在骗我！"老僧不相信，"我一走进这房间，就知道这是钻石啊。别看我有些絮絮叨叨，但我还是认出这是块真正的钻石！"

于是，两人跑出房间，到那条小河边挖掘起来。接着，便露出了比第一块更有光泽的石头，而且以后又从这块土地上挖掘出了许多钻石。据说，后来献给维多利亚女王的有名的钻石也是出自那里，净重达100克拉呢。

如果阿利·哈费特不离开家，挖掘自家的后院或麦田，这埋有钻石的土地自然就是他的了。

事实不正是如此吗？在生活中，我们常常会舍近求远，到别处去寻找自己身边本来就有的东西。

我要对你说

很多时候，我们都盲目去追求一些虚无缥缈的东西，当我们无功而返时，才发现，其实最好的就在我们身边。用心去留意你身边拥有的东西，往往它们才是你一生的财富。

骨瓷碗

阿 琪

他和她来到这个城市时,还是刚刚毕业的穷学生,租住在城乡接合部简陋的村屋里,连着几个月找不到合适的工作,他越来越急躁。幸好她是师范毕业的,就做了一块牌子,站到菜场里自荐给孩子做家教,她被两个买菜的妇女看中了,于是成了两个孩子周末的家庭教师。

一个月下来,她赚了 800 元,交了 300 元的房租,还剩 500 元。该用钱的地方太多了,她却跑到友谊商场,捧回了两个碗和两个碟子。

碗和碟都是上好的骨瓷做的,纯正的象牙色,在低矮的出租屋昏暗的光线下,闪烁着高贵的迷人的光芒。他问她是不是很贵,她报出的数字吓了他一跳,没想到这几个小小的瓷器居然花掉那么多的钱。这么昂贵的瓷器,恐怕只有富贵之家才会用吧,她却买了,捧回了简陋的出租屋里。

那天晚上,她烹制晚餐时格外用心,豆腐被她煎得金黄,上面撒了好些葱花和香菜,摆在象牙色的高贵的碟子里,有说不出的悦目;还有一碟是青菜,被象牙色的瓷器映衬得碧绿碧绿的。和每天一样,是简单得不能再简单的菜肴,以他们的经济状况,只吃得起这样简单的菜肴。

可是,当端起她捧给他的那一碗米饭时,他的心态发生了奇妙的变化。小小的骨瓷碗手感细腻极了,高贵的象牙色映衬得里面的饭粒每一颗都饱满、都闪着珍珠般的淡淡色泽。以前怎么没注意到米饭居然如此喷

香、如此诱人呢？

那一顿他吃得很香。几个小小的瓷器让他触摸到生活的精致与高贵，在贫困与艰难中挣扎的他不再绝望。那天晚上，他把那件旧西装拿去洗衣店洗了，熨得笔挺，又亲手把那双旧皮鞋擦得锃亮。第二天，他精神饱满地出去见工了。一个星期后，他找到一份不错的工作。五年后，他已经在那家跨国公司里做到高层。

他们搬进了市郊的别墅。别墅装饰得非常豪华，很多用过的旧东西都被他们扔了，只有那几个小小的瓷器却被一直小心翼翼地珍藏着。他说，在出租屋里住了那么久，我的精神已经垮了。每天外出找工作的时候，我都忘不了自己是住在简陋的出租屋里的，连神态和举止都带了出租屋的寒酸与猥琐。可是那些精致的瓷器让我触摸到生活中久违的高雅和精致。每天使用它们，在我的精神里也注入了一种对高雅精致生活的追求，让我在困顿的环境里保持向上而不沉沦的心态。

所以说，在困顿中挣扎的人们，别忘了给自己买几个骨瓷碗。那是一种对高贵的向往，一种对美好生活的追求。

我要对你说

是未来决定心态，还是心态决定未来，值得我们思考，在艰难的境遇中，别忘了为自己开一扇窗，让灿烂的阳光照亮人生的路。

这也会过去

蒋光宇

1954年，巴西的男女老少一致认为，巴西足球队一定能获得世界杯赛的冠军。然而，天有不测风云，足球的魅力就在于难以预测。在半决赛时，巴西队意外地输给了法国队，结果没能将那个金灿灿的奖杯带回巴西。

球员们比任何人都更明白，足球是巴西的国魂。他们懊悔至极，感到无脸去见家乡父老。他们知道，球迷们的辱骂、嘲笑和扔汽水瓶子是难以避免的。

当飞机进入巴西领空后，球员们更加心神不安，如坐针毡。可是，当飞机降落在首都机场的时候，映入他们眼帘的却是另一种景象。巴西总统和两万多名球迷默默地站在机场，人群中有两条横幅格外醒目：

"失败了也要昂首挺胸！"

"这也会过去！"

球员们顿时泪流满面。总统和球迷们都没有讲话，默默地目送球员们离开了机场。

球员们对"失败了也要昂首挺胸"的理解是比较透彻的，可相比之下，对"这也会过去"的理解却不够透彻……

四年后，巴西足球队不负众望，赢得了世界杯冠军。

回国时，巴西足球队的专机一进入国境，16架喷气式战斗机立即为之护航。当飞机降落在道加勒机场时，聚集在机场上的欢迎者多达3万人。在从机场到首都广场将近20公里的道路两旁，自动聚集起来的人群超过了100万。这是多么宏大和激动人心的场面啊！

人群中也有两条横幅格外醒目：

"胜利了更要勇往直前！"

"这也会过去！"

球员们对"胜利了更要勇往直前"的理解是比较透彻的，可相比之下，对"这也会过去"的理解依然不够透彻……

后来，巴西足球队的队长开始向一些人请教，应该怎样理解"这也会过去"的含义。

真是无巧不成书。队长请教的一位老者微笑着说"这也会过去"的横幅就是他写的，并给队长讲了下面的故事：

据说，伟大的所罗门王有一天晚上做了一个梦。

一位智者在梦里告诉他一句至理名言，这句至理名言涵盖了人类的所有智慧。能使他得意的时候不会趾高气扬，忘乎所以；失意的时候能

够百折不挠，奋发图强，始终保持勤勤恳恳、兢兢业业的状态。

但是，所罗门王醒来之后却怎么也想不起来那句至理名言了。于是，所罗门王找来了最有智慧的几位老臣，向他们讲了那个梦，要求他们把那句至理名言想出来，并拿出一枚大钻戒，说："想出来那句至理名言之后，就把它镌刻在戒面上。我要把这枚戒指天天戴在手上。"

一个星期过后，几位老臣兴奋地前来送还钻戒，戒面上已刻上了一句勉励人胜不骄败不馁的至理名言：

"这也会过去！"

我要对你说

对失败的耿耿于怀会使你陷入更深的苦闷，对成功的忘乎所以会让你坠入自满的陷阱。怀着"这也会过去"的心态，人生的天平才会公正地承载着你的梦想与希望。

第三章 Chapter 3

两杯不同的水

人生的过程也就是选择两杯不同颜色的水,一旦选择了一种,便意味着放弃了另一种。

垫高自己

游宇明

  一个皮革商喜欢钓鱼,他经常去的地方是纽芬兰渔场。有一年冬天的一个早晨,皮革商又来到了这个渔场。也许是因为头天晚上下过大雪,那天天气很冷,飕飕的风刮在脸上像刀割一样。皮革商费了很大的力气才在结冰的海上凿了个洞,然后开始钓鱼。他看到一个很有意思的现象:钓的鱼一放到冰上很快就冻得硬邦邦的了,而且只要冰不融化,鱼过三五天也不变味。难道食物结了冰就可以保鲜?皮革商这样问自己。他开始了试验。经过多次探索,他发现不仅鱼类在冰冻条件下可以保鲜,其他食物,比如牛肉、蔬菜都可以这样做。他决定制造出一台能让食品快速冰冻的机器。

成功的路是艰难的，在研制速冻机的过程中，皮革商吃尽了苦头，但他从不气馁。通过反复地试验、不断地总结经验，皮革商终于成功了。他向国家专利局申请了专利，并且以3000万美元的天价把这项技术卖给了美国通用食品公司。他就是世界上第一代冰箱的发明者——美国人巴尔卡。

巴尔卡是懂得怎样垒高自己的人，其垒高自己的举动表现出他具备一种发现的目光，表现出他具有一种过人的毅力。收获是播种的孪生兄弟，巴尔卡经过奋斗，终于实现了自己的梦想。

我要对你说

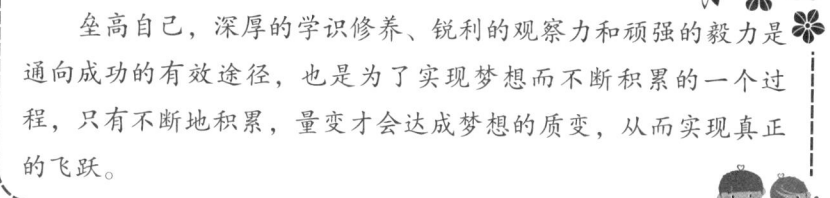

垒高自己，深厚的学识修养、锐利的观察力和顽强的毅力是通向成功的有效途径，也是为了实现梦想而不断积累的一个过程，只有不断地积累，量变才会达成梦想的质变，从而实现真正的飞跃。

精神，生命的配方

星 竹

麦考尔是美国小镇"阳光岛"上的一位中产阶级。岛上整日阳光灿烂，海水碧蓝。麦考尔一家也一直过着像阳光一样舒适的日子。但是，在麦考尔年近60岁的时候，却赶上了美国的经济危机，更惨的是，这时的麦考尔偏偏又得了一种据说必死无疑的怪病。

医生如实地告诉麦考尔，他只能再活两年。听了这话他心理上受到了从未有过的沉重打击。这等于宣布了他的一切都完了。而这时迅猛异常的经济危机又如风暴一样刮上小岛，麦考尔家里的几个钱眼看就要打水漂，根本经不住这场危机大潮的折腾。岛上的一些小店已经宣布破产了。麦考尔眼前的一切都是那样的糟糕。

饱受疾病折磨的麦考尔，经过几天的认真考虑，做出了一个大胆的决定，即把家里的钱马上全部投出去。他想买下两栋房子，然后再将房子租出去，水涨船高，钱虽然不值钱了，但房价会一路攀升的。这个主意得到了全家人的支持。于是，麦考尔把家里的六十多万美元全都拿出来买了房子。

可是，当时所有的美国中产阶级都是这样扒拉着算盘，大家都将手里的钱投向了房地产。结果事与愿违，房子多得不但没人租，还要支付养房子的开支。这对病中的麦考尔更是雪上加霜。

麦考尔的计算失败了，他不但没能保住家里的钱，还让全家人在一夜之间成了穷光蛋。更惨的是，这时距医生宣布他死亡的日期，只有一年半的时间了。麦考尔也已经过了60岁，真正地成了一个老人。可他不忍心在自己离开人世前，让全家人背上如此沉重的包袱。

于是，他努力打起精神，让自己振作起来，也让全家人从中受到鼓舞，不再过于沮丧。麦考尔的精神果然在家里起到了很大的作用。不仅如此，麦考尔还做出了更为惊人的举动，他宣布要重新投入工作。他说干就干，向朋友借钱开了一家香水店。他决心用自己的一点余生，为家人做一点贡献。在卖香水的过程中，麦考尔还对研究香水的配方很感兴趣。想不到经他亲自研制的一种香水竟然在当地一炮打响，非常畅销。他万万没有料到事情会是这样。

麦考尔从此忙得不可开交。而那时他又在阳光岛上发现了一种更纯正的天然植物可以作为新的香水配方。这使他激动不已。

而这时与麦考尔患同一种病的人，已经提前死去了大半。麦考尔离医生宣布的死亡日期也越来越近了。可麦考尔依然感觉良好。麦考尔想，一定是老天有眼，要让他为人类配制出这种天然的新型香水后，再去见上帝。可是，直到麦考尔的新型香水摆满了全美的各大超市，他依然还活着。那时他已经又多活了两年。

麦考尔搞不懂这是怎么回事。他再去医院检查时，医生告诉他，他的病情正在好转。这一点连医生也感到惊奇。几年之后，麦考尔的症状全部消失了。医生和麦考尔一致觉得，这是一种强大的精神力量支持的结果。正是这种前所未有的精神力量让麦考尔脱胎换骨，活了下来。

要说麦考尔是发现了香水的配方，还不如说他是发现了生命的配方，一种忘我的精神。

从此，麦考尔就那么精精神神地走在太阳岛上。他的样子成了全美国老人们的榜样，他的照片被刊登在美国的许多报刊上，他迎着阳光，笑得一脸灿烂。那时所有的老人都在效仿麦考尔。因为他说明了生命的奇妙在于人们内在的精神。这就是勇敢、无畏、开朗和豁达。

据现代医学的大量研究证明，人的长寿和战胜疾病的神奇武器，有时就是一种自身的精神力量。强大的精神支柱，不但能给人体提供许多新鲜而活跃的再生物质，增强人体的免疫力，有时还能激发出一种生命的再造功能，甚至使人起死回生，创造奇迹。

麦考尔不但神奇地活了下来，而且成为那时美国最有名的香水大王"麦考尔香水"家族的总裁。在他75岁的时候，还投资成立了美国的一家出版社——"精神出版社"，专门出版论述精神一类的书籍，以鼓舞人们更精神地活在这个世上，他希望人们能以精神的力量与人间的种种不幸和病痛作斗争。

"精神——人类最为宝贵的财富。"这是麦考尔为美国一家康复医院的老人们题的字。同时也是他走遍世界留下的最为诚挚的一句告诫——你要想活得好，就请你精神起来，因为这就是生命的配方！

我要对你说

生命是上帝赐予人间的礼物，任何人都没有权利轻言放弃，任何放弃生命的行为都是不负责任的表现。面对病魔时，只有举起精神的鼓槌，敲响生命的鼓点，才能具有战胜病魔的气势与力量，这样无论胜负都不枉为人一世。

给一位小朋友的信

哈里·贝迪 朱晓慧 译

在我熟悉的人中,有一位特别的朋友:年幼、姣美、聪慧。她名叫卡罗琳,7岁,家住香港,正在一所主要为移民孩子开设的学校里读书。她母亲虽出生在澳大利亚,后来却一直住在香港。她的父亲是瑞士人,在香港拥有一家小小的贸易公司。不久前,我到她家做客,她拿起一本《亚洲周刊》,认出了我在上面的一张照片,于是问我究竟写些什么。我告诉她我主要是写人。"哦,为什么不找点时间写写我呢?"她问道,带着常有的那种急迫的样子。我告诉她,等她长大成名,会有不少人写她的。"好的。那么现在就以悉尼的哈里伯伯的名义给我写信吧。"对她的要求,我作了承诺。这不就是:

亲爱的卡罗琳:

真高兴给你写信。我有好多好多事要告诉你,可你总是忙。你要读书,上钢琴课、芭蕾课,还有作业呀,参加生日舞会什么的。每周,你要给苏黎世的奶奶和悉尼的伯伯写信,真像香港的大老板那样忙碌!我真同情你,既没养小狗,也没地方骑小车。我想,你妈妈安排了那么多的事要你做,正是要你不闲着吧!虽然你不太喜欢学芭蕾,妈妈却希望这能帮助你成为一个标准的好姑娘。你不知道吗?大多数父母都期待着自己童年的梦想在他们的孩子们身上实现。当你妈妈年轻时,那时姑娘们的风尚就是习歌学舞。可是,如果你想学些其他知识,别以为你不行或你不需要,更不要相信那些学问是专门留给男孩子的！今天的女性中有宇航员、工程师、医生，也有飞行员和政治家。别把自己的选择局限在过去那种姑娘的圈子里。

记得有一天我与你爸爸带你去看网球赛吗？你和你的朋友们聚在校门口等，旁边却孤零零地站着一位小姑娘。我想她一定来自斯里兰卡，是少数几个来自其他亚洲国家同学中的一位。干吗不与她聊聊呢，多了解些她那个美丽国家的事情。我敢肯定你还有华人同学。你知道，香港是他们的家。当你的那些朋友离开以后，他们还留在这儿。别忘了香港也是你的家——不是苏黎世也不是悉尼。即使你今后走了，你也会常常怀念这个地方。试想，有一天你打算去香港观光，干吗现在不多交些朋友呢？！

我知道你没有机会去交很多当地的朋友。你所流连忘返的俱乐部中没几个亚洲的小朋友。更叫我伤感的是，在你们的教科书中，我看不到有什么地方给你们讲述过中国和亚洲其他一些国家的情况。今天的澳大利亚学生比你的同学们知道的亚洲的事情要多得多！当你长大的时候，澳大利亚说不定会把自己看成是亚洲的一员。也许，你会因为把你叫成亚洲人而得意呢！到那时，你们都是众多国家的儿女，每一个人都会理解我们共同分享的世界，你也会

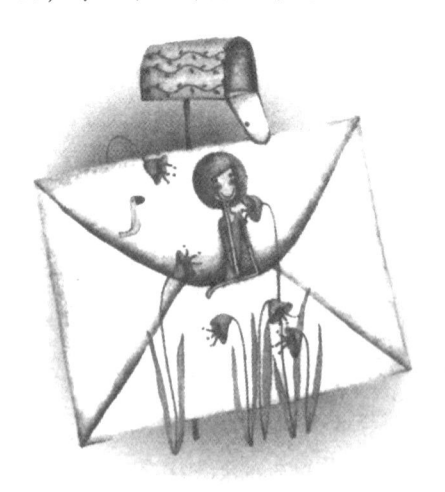

因为乐于帮助每一个人而显得重要。

  我永远忘不了一个傍晚的情形。你碰见一个人提着一篮子刚出窝的猫仔。那人说，如果没人买，就只能将这些小猫儿溺死。你哭得好伤心哟，就因为不准你带一只回家。可令人悲伤的是，世界上比这惨的事多着呢。人太多，空间却太少；太多的恐惧和贪婪，太多的爱意与怜悯。我们假装着对别人的困难视而不见，一旦影响到自己还怒发冲冠！记得那天你游泳，一跳进脏海就冲回了岸边。再想想那些可怜的鱼儿，却不得不在水里长年忍受。我们呼吸的空气也变得越来越臭！当然，你今后成为舞蹈家或钢琴家，我们会引以为傲。但别忘了，要做的事还远不止这些。我希望你长大后不仅是一位贤德的淑女，同时是一位深知这个广博世界而又为它献身造福的女士。那样的话，卡罗琳，成千上万的人都会追着写你。

哈里伯伯

我要对你说

  "穷则独善其身，达则兼济天下。""小我"的价值需要在对社会的贡献中体现。每个人都是生活的焦点，都有其存在的价值和意义，努力找寻自己的精彩才能获得无尽的快乐。

新概念阅读书坊

从一分钱到120亿元

尹 铭

1987年,刚从农村考上武汉大学的兰世立穷得叮当响。"我到大学报到,身上只有7块钱,没有换洗衣服,晚上洗早上穿,没干也得穿。"

终于有一天,他发现了一个赚钱的门道。"一天早上,我在洗漱间地上看到几个牙膏皮,当时废品收购站的价格是铝制的一分钱、锡制的两分钱。食堂里的馒头一分钱一个,两个牙膏皮的钱就可以让我吃饱。"兰世立从牙膏皮上看到了希望。

男生宿舍的牙膏皮很快被他捡完了,兰世立开始更勤奋地搜寻。"我用一天时间把武汉几乎所有大学跑了个遍,捡了100多个牙膏皮。"

男生宿舍被扫荡光后,他又想到了女生宿舍。溜进女生宿舍的洗漱间,兰世立四下寻找牙膏皮。"突然进来一个女生,她吓得大叫一声,立刻引来十几个人围观,有人'小偷,小偷'地指着我说。"兰世立惊呆了。"我蹲在地上,无地自容,真像被人抓住的小偷。"眼看形势越来越不利,他站起来说:"请看我的学生证,我不是小偷,只是来捡牙膏皮。"女生们安静下来,她们理解了兰世立。他觉得自己一下子伟大起来。"我捡牙膏皮养活自己,不丢人。"

兰世立靠捡牙膏皮度过了大学时光。毕业后不久,他开始艰难地创业。"我最早办电子公司卖电脑时,受到很多委屈,你去推销,人家把你赶出去。"

大学期间捡牙膏皮的经历把兰世立的勇敢和挑战精神挖掘了出来,随着电子公司越做越好,他频繁更换创业项目,包括酒店、房地产、旅游等，15年内积累起20亿元资产。

1995年，兰世立开始涉足旅游行业。到2005年，他的东星国际旅行社成为国内最大的民营旅行社。旅行社包机出游成了一种新需求，但包别人的飞机，兰世立总觉得受制于人。"客人集合了，但航班不能按时起飞，我们遭到了投诉，类似情形时有发生。"

2005年6月20日，兰世立筹建了东星航空公司，注册资金8000万元。公司刚成立，他就放出消息要购买20架飞机。"前3年先买10架飞机，到第5年左右达到20架。"消息一出，国内航空公司笑声一片：兰世立没算明白自己的资产和飞机的价钱。

兰世立要购买20架飞机的消息迅速传到世界各大航空公司，他们云集武汉，和兰世立谈判。面对前所未有的挑战，兰世立心想，既然买不起，那就租。他找银行担保，被当场拒绝。开弓没有回头箭，兰世立还是和世界航空巨头——美国通用电气金融航空服务公司和欧洲空中客车公司开始了谈判。

谈判历时两个多月，最核心的一次谈判创造了连续27小时不下谈判桌的纪录。2006年5月9日，兰世立与两家航空巨头分别签订了租赁购买意向协议，分5年从两家公司租赁10架和购买10架空中客车飞机，总价值估算为120亿元人民币。

谈判结果一经公布，立即引来无数猜疑。"大家都说我是巨骗，竟骗到国际上去了。"兰世立的语气里透着无辜和无奈。一个注册资本只有8000万元、没有银行担保的企业，如何把价值120亿元的20架飞机成功谈下？"是胆识帮了我。"兰世立豪爽地道出成功秘诀。

开始谈判时,他就不断给在场的人讲解中国的航空市场、武汉的消费情况、中国的旅游行业以及未来的商业计划。"他们需要这个市场,这是我们的第一个优势;第二个优势是,中国有13亿人,只有800多架飞机,而美国2.5亿人有5000多架飞机,可见我们这个缺口有多大。"

兰世立凭借胆识和敢于挑战的精神成功了,其实这种精神在他还是穷学生时就已形成。他感慨地说:"从一分钱到120亿元,我从没想过能有今天的收获。"

我要对你说

没有挑战,居里夫人就不会发现镭元素;没有挑战,诺贝尔就不会发明炸药;没有挑战,阿波罗就不会完成人类首次登月的太空征程;没有挑战,比尔·盖茨就不会连续13年蝉联世界首富;没有挑战,兰世立就不会"从一分钱到120亿元"。

红包里只有一元钱

远　方

那天,忙完三十几桌喜筵后已经是夜里 11 点多了。回到宿舍,睡在我上铺的阿强还没有睡。见我一脸疲倦,他关心地问:"今天不是你轮休吗,怎么又上班了?""订喜酒的多,后厨忙不过来。""忙到这时老板有没有奖赏呀?""赏了,一枚一元硬币。"我有些无奈地笑笑。

我和衣躺在床上,随手将那个小红包扔到床头的玻璃瓶里,一共有 5 枚了。闭上眼睛,记忆将我拉回到五年前。

那时，我刚从沈阳的一所服务中专毕业，正赶上我现在的老板黎先生来学校招人。冲着不错的待遇和环境，我与黎老板签订了用工合同，来到了珠海这家龙欢阁大酒店。

我最初在酒店的后厨做荷手（大厨的助手）。刚开始上灶，在学校学的那点手艺根本不顶事，常常挨大师傅的骂。一次，做"水晶咕咾肉"，肉过油时有一点过火。端给大师傅挂晶时，师傅一看颜色就知道不对劲，狠劲在我的屁股上踢了一脚，骂道："浑蛋，你想砸我饭碗呀！"我急忙尝了一口，肉硬得有些硌牙。最后，我自己掏钱把那盘肉买下来，作为教训和惩罚。

自那以后，我处处倍加小心，每天更加勤勤恳恳地跟大师傅学手艺。苦干了四年，终于升任为二厨。虽然可以掌勺了，但做的都是一般菜，酒店的招牌菜仍是大师傅们的专利。

一天中午，酒店接待了一个一百多人的台湾旅游团。按照旅行社的规定是配餐，菜很简单。于是当班的大厨陈师傅便请假去药店买药，后厨只剩下我们几个二厨照单下料做菜。快忙完时，大堂经理急匆匆跑到后厨问："有桌客人单点了咱们酒店的招牌菜'鱼龙争珠'，陈师傅回来没有？"

"没有。"我忙应道，"要不赶快派人去找他？"

"来不及了，等找回来客人也走了。"经理急得直转圈，"不行，你们谁试试？"

"我们哪敢做？做砸了会影响酒店的生意。"阿强在一旁说道。

"经理你先别急，我见过陈师傅做，我想试试。"我试探着问经理。

"救场如救火，你赶紧动手吧。"说完，经理边擦汗边离开了后厨。

我在阿强等人的注视下，一副重任在肩的神情，吩咐备料、净勺……"鱼龙争珠"端上桌时，那道菜的卖相居然令客人们赞叹不已。其实，我心里很清楚，那菜的味道要比陈师傅做得差了三成，只是客人大多没有吃过，不是内行，不容易辨别出来。后来，经理将这事告诉了黎老板。于是我有了一个装了一枚硬币的小红包。这之后又有了第二个、第三个……

对于这个只装了一元硬币的小红包,我虽心有疑问,但毕竟是老板赏的,是对自己工作的肯定,所以也没太在意它的多少。而这个谜直到今年除夕夜才被揭开。

除夕夜,送走了客人。老板吩咐在三楼大厅摆两桌酒席,与留在酒店过年的员工共度佳节。席间,黎老板再次给在座的每个员工发了一个装有一枚硬币的小红包。我终于忍不住,好奇地问他:"老板,你为什么每次奖励的都只是一枚硬币呢?"我的问话一下挑起了大家的兴趣,大家都用探询的目光注视着黎老板。

黎老板沉思了片刻开口道:"我刚到澳大利亚悉尼留学时,在一家餐馆打工。每天中午都有一个叫约翰的先生来餐馆吃饭,并总坐在我负责的那张餐台旁,吃完饭就坐在那里看报纸喝茶,直到下午两三点钟才离开。他每次就在桌上放一枚硬币作为我的小费。当时我们的餐馆生意很好,中午的客人也很多,如果约翰吃完就走,我可以多收几十元的小费。别人都劝我将约翰撵走,可我总是不忍心开口。后来,我就在桌下挂了个小铁桶,把约翰付的小费积攒起来。那年的圣诞节,约翰也被邀请来参加聚餐会。约翰那天很高兴,他的公司刚刚渡过危机。他当着大家的面说:"为了感谢阿黎长期耐心的服务,我将用10元钱换一个硬币的办法奖励阿黎。那晚,我得到了2000澳元。后来,我用这笔钱

开始了我的商海生涯。"

黎老板喝了一口酒接着说:"我之所以要在红包里装一枚一元硬币,是希望大家的人生每一步都能从一点一滴做起,脚踏实地,最终走向成功。为了感谢大家对酒店的贡献,我将用100元换一枚硬币来奖励大家。"

黎老板的话音一落,大家都鼓起掌来。

那晚,我没有用硬币去换纸币,我觉得这六枚硬币远比那600元纸币更有意义,因为它是我成长过程的最好见证。

我要对你说

"千里之行,始于足下",点滴的积累才能收获累累的硕果。生活是靠自己脚踏实地走出来的路,只要你付出就会有回报。珍惜眼前的一切,做好自己的工作,这就是成功最简单的办法。

天使之声

赵 焰

盲人是最容易见到上帝的人。

说这话是有原因的,我们很容易从聆听波切利的歌声中得出这种结论。波切利的嗓音,仿佛是从很遥远而又很近的地方飘过来的,很熟悉也很清明,不是炽热,不是寒冷,不是柔情,更不是坚韧和刚毅,而是温暖,散发着一种夕阳中圣殿的光芒。还有安详,那种柔柔的、带着点儿热气的暖风,可以透过你的毛孔,一直暖到你的心房中去,就像有一只温暖绵软的上帝之手,托着你的心叶在抚慰。这时你的所有思绪都不重要,就这样一直沉浸,沉浸到自己的内心深处。

这是一种回家的感觉。

这种感觉,竟是一个盲人带来的。这位意大利盲人歌手,在12岁时就双目失明,在此之后,他一边唱歌,一边攻读学位。直到他三十多岁取得法学博士学位后,他突然意识到自己一辈子最重要的事情就是唱歌了,然后他拜帕瓦罗蒂为师,向大师学习发声方法,直到登上歌坛的顶峰。

我一直在想,究竟是什么力量促使波切利选择歌唱作为自己的生存方式。聆听了他的歌声,我丝毫不怀疑波切利是见过上帝的人。只有见过上帝的人,歌声才如此安详、虔诚、平和,才有一种难以言传的安宁和诚服,才有一种澄明的光辉。除此之外,还有一种空前的喜悦——不是狂喜,而是一种平和的喜悦,这种喜悦不是来自外部的,而是从内心中生长出来的。在这种喜悦的力量中,波切利只要歌唱就足够了,满怀

深情地歌唱，不需要思考。在歌唱中，波切利就是一台机器，一台由上苍制造的完美的发声机器，而他全部美妙的声音来自于上苍，一个完美的影子世界。

盲人是最较容易见到上帝的，因为他们不会被这个散发着虚假光晕的表象世界所迷惑。他可以一直内省自己，反观自己，见到自己心灵中的光。那光芒是美丽、绚烂无比的。

我要对你说

生命在无声中静静流淌，本就没有悲喜的掺杂和名利的负累，只是人心过于执着，因耳目之欲而心灵浮躁。试着用真诚的心去感受这个世界吧，你就会徜徉在自然的怀抱中，从而真正认识到自我的价值。

用脚飞翔的女孩

戴晨志

演唱会上，莲娜·玛莉亚笑容满面地唱着歌，喜乐又欢愉——谁能知道她的不幸？莲娜一出生，就没有双臂，左腿也只有右腿的一半长！当助产士用大毛巾包裹着她走出产房时，所有亲人都纷纷走避，没人说话，也丝毫没有一点快乐气氛。在经过一番痛苦挣扎与考虑后，莲娜的父母决定亲自抚养这个"无臂单脚"的女孩，而不是把她送到福利院。

相信吗？出生5个星期后，莲娜就可以用右脚玩奶嘴，也随时可以吸吮脚的大拇指；再过一阵子，莲娜竟可以用脚趾握住奶瓶！在学习走路时，莲娜也常跌倒，但妈妈总是坚定且温柔地对她说："你爬到墙边、靠着墙，就可以自己站起来！"3岁时，莲娜的父亲开始教她游泳。或许有人会问，没有手臂怎么游泳？可鱼也没有手臂，不是依然可以游得自由自在？在父亲细心的照料与指导下，莲娜爱上了游泳，她能在水里无拘无束地游来游去！稍

长后,莲娜开始接受学校教练的指导,学习不同的游泳技巧。莲娜说,"蝶式"让她感到最舒服,就像海豚游泳一样,上下波动,借腿部和脚的力量,向前迈进。15岁时,莲娜刷新了瑞典的游泳纪录进而获选进入瑞典游泳国家代表队,继续接受严格的训练。18岁时,莲娜参加在法国举行的"世界杯游泳赛",她在四项竞赛中,摘下四枚金牌,也打破了蝶式游泳的世界纪录!后来,莲娜更代表瑞典参加"汉城残障奥运会",与来自60多个国家的4000多名残障选手竞技!从出生无臂,到苦练有成,进而参加"奥运会",当奥运圣火被点燃,全场欢呼不已、彩带气球齐飞时,莲娜激动地掉下眼泪!她说,当时她心里想着:"将来天堂的快乐,也不过如此吧!"

　　莲娜的才华与毅力还不只如此,她在19岁时拿到了汽车驾照,能用单脚开一辆"经过特殊改装"的车子,在公路上奔驰。同时,她从小就学习用脚"拿针刺绣"、用脚"学裁缝",为自己缝制洋装!更令人惊讶的是,她的歌声极为甜美,尽管她没有双手,却能用脚弹钢琴!在申请进入斯德哥尔摩音乐大学时,莲娜用脚弹琴,自弹自唱了一首"我很丑"的歌。莲娜的奇特表现,感动了学校的教授,同时获得校方的入学许可,进入音乐大学就读。她虽然没有双手,但没有人告诉她应该悲伤啊!勇敢的莲娜,坚强地走出自己,她又学绘画,亲自用脚夹住开罐器打开罐头,用脚抓住铲子做菜给访客吃,还亲自上超市买东西,然后用嘴巴咬住塑胶袋，拿回家。更令人激动的是，莲娜的心充满喜乐，从不抱怨，更是十分俏皮可爱；后来，一位帅哥爱上了她，真心向她求婚，两人因而结为连理！如今，莲娜成为一位国际知名的演唱家，在全世界各地巡回演唱。莲娜·玛莉亚残而不废的事迹，感动了无数的人，人们把她称作"用脚飞翔的女孩"。因为，没有手的她，打破了生命的不可能，这，岂不是一项令人又敬又佩的奇迹？在台北怀恩堂的演唱会上，她身穿晚礼服，在热烈的掌声中缓步上台。她没有愁容、没有哀伤，令全场观众大受振奋与鼓舞！全场观众喊着"安可、安可"，久久不停。只因为，她不畏困顿、挑战命运、冲破生命屏障的精神，让在场所有人都感动不已！

火，考验着黄金；厄运，考验着坚强的人。莲娜·玛莉亚用她的经历告诉我们：人若惧怕困难而不敢行动、畏首畏尾，乃是最大的耻辱啊！

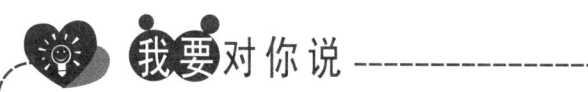

我要对你说

腊梅于严寒中绽放，松柏于凛冽中屹立，它们所具有的是迎难而上的勇气，坚强不屈的品质，和敢于同命运抗争的执着。这也正是文中的小女孩所拥有的精神。

两辆中巴

文 燕

家门口有一条汽车线路,是从小港口开往火车站的。不知是因为线路短,还是沿途人少的缘故,客运公司仅安排两辆中巴来回对开。

开101的是一对夫妇,开102的也是一对夫妇。

坐车的大多是一些船民,由于他们长期在水上生活,因此,一进城往往是一家老小。

101号的女主人很少让船民给孩子买票,即使是一对夫妇带几个孩子,她也熟视无睹似的,只要求船民买两张成人票。有的船民过意不去,执意要给大点的孩子买票,她就笑着对船民的孩子说:"下次给带

个小河蚌来，好吗？这次让你免费坐车。"

102号的女主人恰恰相反，只要有带孩子的，大一点的要全票，小一点的也得买半票。她总是说，这车是承包的，每月要向客运公司交多少多少钱，哪个月不交足，马上就干不下去了。

船民们也理解，几个人就掏几张票的钱，因此，每次也都相安无事。

不过，三个月后，门口的102号不见了。听说停开了。它应验了102号女主人的话：马上就干不下去了，因为搭她的车的人很少。

我要对你说

一点点的人情味比十足的精明更容易得到回报，给予他人一点点关爱胜过锱铢必较。生活中多一些温情，世间也就多一份美好。

飞起来的智慧

陈志宏

有一家大型洗涤用品公司生产的香皂十分畅销。但是，一次意外的"空壳事件"让公司面临危机。

事情是这样的，一位顾客在商场购买了这家公司生产的香皂后，回家打开一看，却发现里面什么也没有，只是一只空壳。顾客以高价卖香皂外壳为由，把商场告上了法庭。

公司总裁组织全体员工把所有包装好的产品拆开检查，发现空壳率为1/10。为了避免香皂没装入盒的事件再度发生，公司花费数十万美元购置了一台X光机，用医学上的透视技术检查成品，以保证成品全部为装有香皂的。从此，"空壳事件"才画上了圆满的句号。

同城的另一家小型洗涤用品公司也生产香皂，限于当时的技术条件，同样存在空壳的问题。

由于公司规模小，资金有限，购买X光机是不可能的了。董事长号召全体员工想办法，但没有一个人提出行之有效的方法。

董事长甚是苦恼，一个人走到郊外散心。此时秋意正浓，秋风从山谷吹来，把落叶卷下山，吹到另一个山谷。那一刻，董事长想出了一个奇妙的点子。回到公司，董事长让手下买了一台大功率电扇，所有经过装盒程序的成品香皂一律经过风吹，空壳的自然被吹出流水线，不空的进入最后一道包装工序。

这位董事长想得巧，做得当然就更绝了。细细想一想，这与X光机相比，是多么简单啊！

我要对你说

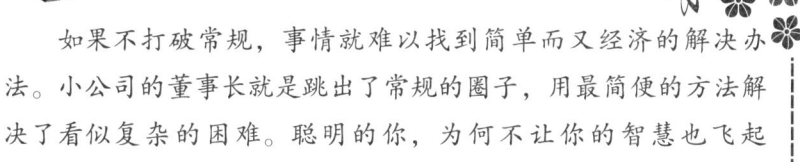

如果不打破常规，事情就难以找到简单而又经济的解决办法。小公司的董事长就是跳出了常规的圈子，用最简便的方法解决了看似复杂的困难。聪明的你，为何不让你的智慧也飞起来呢？

两杯不同的水

雪 非

学校请来一位著名的教授给我们作一次演讲。

这位教授拿了两杯水,一杯黄色的,一杯白色的,故作神秘地对我们说:"待一会儿,你们从这两杯水中选择其中的一杯尝一下,不管是什么味道,先不要说出来,等实验完毕我再向大家解释。随后先问甲乙同学想喝哪杯水,甲乙二人都说要黄色的那杯,接着又去问丙丁两位同学,丙丁二人也同样要尝试黄色的那杯。就这样,总共有二百多个同学做了尝试,其中只有1/3的同学选择了白色的那杯。

之后,教授问同学们,黄色的那杯水是什么水?2/3的同学伸出舌头回答:"是黄连水。""那你们为什么想要尝试这一杯呢?"教授接着问道。

那些同学又回答:"因为它看起来像果汁。"

教授笑了笑,接着又问尝过白色那杯水的同学,这些同学大声答道:"是蜜。"

"那你们为什么选择尝试白色的这杯呢?"

"因为掺杂了色素的水虽然好喝、好看,但是并不能解渴呀!"这

些喝过蜂蜜的同学笑着答道。

听完了同学们的回答,教授又笑了笑,说道:"绝大多数的同学选择了很苦的黄连水,因为它看起来像果汁。只有极少数的同学尝到了蜂蜜,这是为什么呢?其实,在我看来,人生的过程也就是选择两杯不同颜色的水,一旦选择了一种,便意味着放弃了另一种。大多数人都会选择有颜色的耀眼的那杯,只有极少数人才会选择不太起眼的、不招人喜欢的、很平常的那杯。

看重现实,所以能尝到甜头。

我要对你说

人生就像走十字路口,选择正确合适的方向,才能真正地不怕风吹浪打,走好自己选择的路,才能真正地闲庭信步。两杯不同颜色的水,给了我们生活的启迪。

一个夜晚

袁小虎

这是一个真实的故事，很平凡，但值得我把它记下来。

那天很晚，我才在旅社找到铺位。当走进"306"号房间时，这里先来的四位正在"双吊主"闹腾着，有一个正狼狈地钻着桌子。门口当风的一个床位是我的，我静静地斜躺在被子上，掏出书，企图到书中去躲避吵闹。

一会儿，吵声小了，我眼前亮了许多，转身一看，一个胖子把挂在铁丝上的电灯从他们头上移到靠近我这边，他口里像是自言自语地说："人家看书看不清楚！"

"不，不要紧，我看得清！"

我心里一阵热，但一会儿我又冷

下来了，本能地摸了摸身边的提包，因为这里面有一笔不小的钱。出门在外，害人之心不可有，防人之心不可无。

我不知什么时候睡着了，并做了一个梦，梦见我的提包丢了，我一阵急，突然醒了，发现提包正在怀里好端端的——原来是虚惊一场。

这时，天已蒙蒙亮了，同房其他四个人都已悄悄地起床，一会儿，我明白了他们是要赶早班车。有一个想要拉灯，马上被同伴轻声制止了，又有一个轻轻地走到我床边，弯下腰，我一阵紧张，预备着……可他从床下拾起一本书丢在我的床上——这是我睡前看的那本。

我又一阵激动，但没放松提包。

他们收拾好了，出门了，像一阵轻风，走在最后的胖子把门锁扭开，按下了保险，轻轻地把门虚掩上。可随即风又把门吹开来了。虽是初冬，那风还是怪冷的。我刚要起来关门，胖子又回来了，把门掩上，他刚抬脚，门又被吹开了，他迟疑了一下，把保险推上，想把门锁死，但又犹豫着。又有一个人回来了，和胖子嘀咕了一阵，只见胖子又把门锁扭开，上保险，然后从袋里拿出一团纸，按在门框上，这样，门就轻轻地被关死了。他们折腾半天，为的是不让关门的声音把我吵醒。

他们走了，我抓提包的手松了，收紧的心也松了，一股暖流流到心房，传遍全身……

我要对你说

人与人之间并没有想象中那么冷漠，世事也并没有想象中那么炎凉，更多时候是我们自己锁上了心房。陌生人所施予的关爱就像阳春三月的风，吹开繁花，温暖一路相伴……

敬 启

　　本书的编选参阅了一些报刊和著作，由于多种原因我们未能与部分入选文章作者（或译者）取得联系，在此深表歉意。敬请原作者（或译者）见到本书后，及时与我们联系，我们将按国家有关规定支付稿酬并赠送样书。

联系方式

联 系 人：杨老师

电　　话：18600609599

编委会